夏日槐花
xiari huaihua

蒋岭——著

国际文化出版公司
·北京·

图书在版编目（CIP）数据

夏日槐花／蒋岭著. — 北京：国际文化出版公司，
2020.6（2022.4 重印）
ISBN 978-7-5125-1193-4

Ⅰ. ①夏… Ⅱ. ①蒋… Ⅲ. ①长篇小说-中国-当代
Ⅳ. ① I247.5

中国版本图书馆 CIP 数据核字（2020）第 075656 号

夏日槐花

作　　者	蒋　岭
责任编辑	崔雪娇
封面设计	鸿儒文轩
出版发行	国际文化出版公司
经　　销	全国新华书店
印　　刷	三河市华东印刷有限公司
开　　本	880 毫米 ×1230 毫米　　32 开
	9.375 印张　　　　210 千字
版　　次	2020 年 6 月第 1 版
	2022 年 4 月第 2 次印刷
书　　号	ISBN 978-7-5125-1193-4
定　　价	39.80 元

国际文化出版公司
北京朝阳区东土城路乙 9 号　　　　邮编：100013
总编室：(010) 64271551　　　　传真：(010) 64271578
销售热线：(010) 64271187
传真：(010) 64271187-800
E-mail：icpc@95777.sina.net

我们究竟要的是什么（自序）

1

许多人不是不幸福，是幸福在身边围绕，我们熟视无睹。

每日能高兴地去上班，能让自己忙得不亦乐乎，虽然心里生着怨气，但行动上却丝毫没有懈怠的迹象。

每日能高兴地与几位好友联络，想说什么就说什么，哪怕半夜三更打电话滋扰了别人，好友也没有半点的埋怨，仍旧是不厌其烦地听你唠唠叨叨。

每日能想上许多乱七八糟的事情来给自己生生烦恼，不管家人是否接受，也不管别人是否知晓，有时还说"急得一夜没睡着"，其实晚上打着呼噜自己都不知道。

等等如上的事例不计其数。

这些不是幸福？那，什么是幸福呢？

在 2014 年举行的索契冬奥会上，每位运动员都在争取着，因为这只有四年才有一次的盛会，每个人都想在属于自己的赛场上享受着那份快乐。

冬奥会女子五百米短道速滑一直是中国代表队的强势项目，这次没有了王濛的出场。对于中国代表队来说遇到了前所未有的挑战。中国代表队的刘秋宏、范可新、李坚柔三人全部晋级四分之一决赛。

半决赛中晋级的三名中国选手居然被抽在了一个组，如果比赛一切顺利，还是有两人能晋级。结果枪声响起之后不长的时间，中国队的范可新摔倒，第一名被英国选手获得，刘秋宏小组第三无缘决赛，李坚柔以小组第二跻身决赛。

李坚柔是作为替补上场，从四分之一到半决赛，再到决赛，一步步地走了过来。决赛时，李坚柔排在第四位，最内的道次。与其一起的有温哥华冬奥会该项铜牌得主方塔娜，2013 年世锦赛银牌得主韩国的朴升智和英国克里斯蒂。开赛不久，在第一个弯道，朴升智和方塔娜双双碰撞在一起，摔倒。开始之初还没有发力，位居最后的李坚柔坚定地继续向前，最终毫无悬念地夺冠。

赛后李坚柔接受记者采访时，无论是脸庞还是语气都是那么平静："可能对于 500 米，我的心态是最轻松的，我认为自己能进入决赛，发挥得已经很好了。但是，中国队只有我一个人进决赛，我尽力就是去获得奖牌，甚至金牌……作为长距离选手能够进入决赛，我不在乎道次，因为短距离选手后程可能会降速，教练给我制定的战术是后程超越，前两圈不去跟他们争。"

只要心中有梦，做好抉择，相信"奇迹"就会发生，也应验了流传已久的话：成功与机会都是为有准备的人而准备的！

还记得那只"捡了芝麻丢了西瓜"的小猴吗？它下山游玩，一路上，好山好水看不够，心情大好。走着走着，它看到了前面有一个大西瓜，心里很是开心，因为有好吃的了。它抱着西瓜继续往前走，走到一片玉米地时，看到那一个个玉米，动了心，于是将西瓜放在路边，一头钻进玉米地里，掰起了玉米。

瞧瞧这个玉米，不满意，扔了；掰掰那个玉米，不满意，扔了……一路走下去，它没有掰到一个满意的玉米，回头再去寻找西瓜时，已经不是原来的路了，自然西瓜也找不到了。无奈，它只得捡了一个小玉米棒，向前走去。

走着走着，一缕幽香勾起了它的食欲，顺着香味，它看到路边有一小撮的芝麻。它不经意地将玉米棒一扔，俯下身子舔起了芝麻。一不小心，一个喷嚏，芝麻全部消失殆尽。

小猴很是郁闷，回头寻找刚才那个玉米棒，也不知所踪。

我们总想着自己能有所作为，抓住任何一次的机遇，让自己更好地生存、生活。

2

偶然，想起了远方的那点点的星辰，只是伸手却够不着它，只好作罢。

独盏于窗台前，那丝丝扣扣的铜钱枝条伸展着，要我看个够。

我眼神真的向着它时，它却扭头、平展，不再看我，白白地平添了几分缕缕的绿色。

耳畔响起那嗡嗡的、嘶嘶的窃语，听不清楚，也辨识不明内容。侧耳再闻，软语情怀，原是心底呵出的私语——

那座小山，是不是也在夜的笼罩下睡了呢？那小山的茅草屋是否也在夜的笼罩下熄灯了呢？熄灯的人是否还是那个熟悉的身姿呢？

那个小院，是不是仍旧还有铁门把守？是不是仍有一群轻狂的少年在里里外外地翻进翻出呢？是否还有那个守门人在一次又一次不厌其烦地大呼小叫呢？

夜，独自于我的夜。

请你静下来，听听一首歌中的片段。假使你不会唱，没关系，那就默默地读一读，让心能够听得到你的吟诵：

……心会跟爱一起走 / 说好不回头 / 桑田都变成沧海 / 谁来成全爱 / 心会跟爱一起走 / 说好不分手 / 春风都化成秋雨 / 爱就爱到底……

说起来，"心"一直在那，不管你信不信。但，我们往往走两步，再回头，却看不到"心"在哪里，还满地找。

每年的九月到十一月，是加拿大不列颠哥伦比亚省鲑鱼洄游产卵的重要时期，而每四年一次在亚当斯河出现的红鲑鱼大洄游情形留给人类除了惊叹还是惊叹。

当二百万条全身赤红的鲑鱼顺着溪流洄游时，场景是壮观的——亚当斯河犹如一条美丽的红地毯，无限延伸。

红鲑鱼的祖先一直生活在高寒地带的河流里，小红鲑在海中生活四五年左右就都长大成熟，它们会按照原有的"心"成群结队地返回故乡到淡水里产卵，进行一年一度的繁殖。

此时此刻，它们会以每小时五十公里左右的飞快速度逆流而上，一路上不休息，不进食，顶风破浪，一鼓作气地游回故乡，在那里产卵、授精，直至死去。

依心而行，无憾今生。

夏日槐花
XIA RI HUAI HUA

作家黄小平讲述过了《逆行的鱼和顺流的叶》，我们或许又要揣揣"心"与"爱"究竟是否在一起。

走到江边，小和尚看见几只逆水而游的鱼，又开始借题发挥："这些鱼真傻呀，逆水而游，多费力，多辛苦。"

"可它们正在享受快乐呢！"老和尚说。

"明明很辛苦，怎么会快乐呢？"小和尚嘟哝着。

"它们享受的是奋斗的快乐啊！"老和尚说。

"顺水而行，不是更安逸、更舒适吗？不是可以享受一种更大的快乐吗？"小和尚反驳道。

"你看见那片黄叶了吗？"老和尚指着漂流在江面上的一片黄叶说，"只有死去的东西，才会随波逐流，才会享受这种安逸和舒适啊！"

大师说了：山有山的高度，水有水的深度，没必要攀比；风有风的自由，云有云的悠然，没必要模仿。你认为快乐的，就去寻找；你认为值得的，就去守候；你认为幸福的，就去珍惜。

3

天，灰蒙蒙的，看不清九重之上到底发生了什么，只见片片雪花一朵连着一朵来到大地，落在草丛间，落在枯枝头，落在瓦楞檐，落在独自走在田野埂间孤独人的身上。

转瞬间，大地成了白色，行走的人儿成了移动的白色，身后留下深浅不一的洼地。

天色渐晚，天空依旧是灰色，而大地间却闪晃着白色，偶尔有小鸟在枯树枝上飞起，凌乱的雪花像碎屑末似的，慢慢坠下。

那条早已被封堵的道路上，只有一个孤独的身影在晃动，深一脚浅一脚地慢慢向前挪动。远处的万家灯火在眨巴着眼睛，召唤着孤独的人。

万籁的乡间田野，听得见那一声声的"咯吱咯吱"的声响，看得见那孤独人的左摇右晃的步履蹒跚的样，也闻得到那来自北方的阵阵寒意。

那铺着鹅卵石的小道来来去去，两旁的小花沾满晨露，迎接着一张张笑脸。

你总是鼓着腮帮，满脸严肃地走进宽敞的屋子，屋内整群整群的人儿没有话语，张望着你的到来。

夏日槐花
XIA RI HUAI HUA

顷刻间，你笑了，整群整群的人儿也笑了，那笑声充溢着教室，传出了屋子，飞上了屋檐，惊醒了屋檐下午休的那只小鸟。

小鸟飞上屋顶，振翅绕着屋子飞来飞去，看到了整群整群的人儿在嬉闹，襟飘带舞，分不清谁是谁。

小鸟滑翔着，向屋后的那片桃花林飞去。站在高枝头，它眺望着北方的那道即将落下山那边的霞光，心中竟有些伤感，一滴泪不知不觉地滑落下眼眶。

天色微蒙，站在楼底，抬头仰望着那贴满白色墙砖的楼顶，看到了一棵青青的小小草在楼顶扎了根。可能仰视的时间太长，脖子生疼，平视时，身体一个趔趄，向后退了半步，踩在了身后的低洼地。

低洼地泥土疏松，一脚一个深深的坑印。

天色正午，阳光直射着大地，楼宇间的空地平整成水泥地。来到楼底，那深深的坑印不见了，原址上栽种了一棵槐树，矮矮的。

雪花又开始飞舞起，楼底的槐树身上披上了洁白的雪花，那条水泥道显得有些湿润。男孩领着一群人来到了楼底，每个人都吆喝着，似乎都有说不完的话语，似乎都有宣泄不完的热情。槐树似乎也被感染，迎着北风抖了抖身子，闪现出有些干枯的枝丫。

008

一年又一年，槐树旁的泥土挖了又填，填了又挖……槐树没有说啥，每次只是默默地看着围着它转圈圈的陌生人。每次来一群人，槐树都会蹿一尺高；每次再覆盖一层薄雪，槐树都会抽出新的枝条。

站在槐树旁，远不及槐树的个子。但，喜欢站在槐树旁边，因为那里有喜欢的清香，有喜欢的那个深深的坑印。

站在楼层间，附在楼层的台阶上，俯视着槐树。槐树在楼底仰视着，并用劲全身的力气向上蹿着，枝条尽可能地伸，越伸越长。不忍让槐树花费如此臂力，于是"噌噌噌"地下楼回到了槐树旁，站立，倾听槐树的欢笑，陶醉在槐树散发的那份芳香中。

下雨天，槐树看到归来的人儿，伸出枝条，遮挡雨珠；烈日天，槐树看到大汗淋漓的人儿，伸出枝条，遮挡炎热……

每当月圆之时，槐树会伴着窗前的灯光，微笑着合上眼，还会伸出枝条轻敲窗玻璃。当推开窗扇，槐树发出"沙沙"的欢笑，不言不语，继而安静地休眠。

当东方破晓的那日，站立在槐树前，默默、轻言地说着只有槐树听得懂的"再见"话语时，槐树的枝叶凋零了。

别了，努力过的努力！

别了，进取过的进取！

目　录

我们究竟要的是什么 （自序） / 001

上 篇　第一章　那个阳光灿烂的日子 / 003

第二章　多事之秋 / 051

第三章　有些疲倦 / 109

下 篇　第四章　倒计时开始了 / 151

第五章　焦　虑 / 204

第六章　向着前方 / 224

第七章　尾　声 / 266

后　记 / 281

上　篇

第一章　那个阳光灿烂的日子

1

校园中，那棵槐花树枝繁叶茂。

夏槐走过树底下，鼻子一吸一吸，闻到了那独特的芳香。他猛地一吸，又长长地呼了一口气，眼睛睁得大大的，脸上带着笑，嘴巴"啊"的一声。

"啊什么啊？"旁边一人冷不丁地嚷了一句。

夏槐惊住了，转身一看，笑了。

那是他的好朋友威诗，鼻梁上早已架了副眼镜的快乐男孩。

他俩坐在教室的最后一排。夏槐自嘲地说，那是老师按照成绩的好坏 S 形排座次的，自己是这个班的最后一名，自然排在了这张最后的座位。

威诗说不是这样，因为刚刚开学，老师谁都不认识，只是按照个子高矮排的。

不管是什么方法，最重要的是他俩坐在了一起。

教室窗外，一株大树茂密的枝叶正好遮挡住了班级的窗户，只能看见树枝上蹦来跳去的小鸟，也只能听到这些鸟儿叽叽喳喳的吵闹声。

威诗看着窗外，又发呆了。

"哎，不能开小差哦！"夏槐提醒着威诗。

威诗没有理他，索性趴在了课桌上，脸斜斜地看着窗外。

课后，夏槐和威诗坐在那棵槐树底下的石凳上，聊着老的话题，评论着新的老师。

"威诗，你怎么老是趴在桌子上呢？"夏槐有些不明白，"你是不是不舒服？不舒服就回家呗！"

"说什么呢？谁不舒服？你才不舒服呢！"威诗不高兴了。

"那你怎么整天趴在桌子上呢？"夏槐更疑惑了。

"哎，我就是不喜欢听老师讲课，比窗户外面的那几只小麻雀还要吵。"威诗说出了真相。

"不会吧？"夏槐对威诗的回话有些吃惊，"这是学校呀！你不听课只有自己受损失哦！"

威诗似乎不明白夏槐说的话。

"你没有看到吗？课堂上，咱们现在的老师可不管你睡觉不睡觉，也不管你是不是听课不听课。要是在以前，你早就被拎到教室外去了。"

"那倒是！"威诗明白了上课不听为何还那么惬意的原因了。

"在这所中学上学，需要靠自觉哦！"夏槐捡起从槐树上飘落下来的一片槐树叶子自言自语道。

2

因为爸爸妈妈要出门半年，威诗住校了，吃住行几乎都是在校园内。

夏槐跟着威诗一起在食堂吃饭，前提是要办理饭卡。拿到饭卡后，充值，刷卡，夏槐计划着自己"校园一族"的生活。

到了午餐的时间，威诗拉着夏槐一起奔向食堂。

排好队，夏槐一摸口袋。不好！饭卡在哪里呢？他不知道，早晨上学时候，匆忙间，那张饭卡刺溜地掉在了卧室的地板上，冰凉凉地已经躺在那里半日了。

"没饭卡？"

"不是没饭卡！"

夏日槐花

XIA RI HUAI HUA

"那是有饭卡？"

"你整日有些废话！"

"那就是有了。"

"没！"

"那我刚才说你没有饭卡，你不是说'不是没饭卡'吗？"

"我有饭卡，只是今日没有带饭卡。"

"早说嘛！那还不是没有饭卡。"看夏槐还想说什么，威诗没有停止话语，"这点小事，还争辩，用我的！"

"嘀！嘀！"刷卡机响了两声。

风卷残云地吃完了饭，夏槐说："好事做到底吧！我的饭卡中没有多少钱了，你借我钱，我去充值吧！"

"你不是没带卡么？你上周不是刚刚才充值的吗？"威诗提醒着。

"报卡号就可以充值，上周的充值，每日是午餐一顿，晚餐一顿，一天大约是二十元钱。我做的计划是一周大约是一百元钱。"夏槐开始扳着指头算起账来。

"你才吃了两天半呀，还剩……"威诗开始扳指头了。

"五十！"夏槐一口报了出来，"我想再充值一百元，这样就有一百五十元，我可以吃到两周的时间。"

"两周？一周一百，两周两百。你这里面有一百五十元，哪来的两周呢？"威诗有些迷糊。

"哎！我前面不是已经充值一百元了吗？现在再充值一百元，不就是两百元吗？"夏槐解释着，威诗点着头。

"两百元，不就是两周的饭钱吗？"夏槐说出了答案。

"哦。这样呀！我以为……哎，我都被你弄糊涂了。算了，算了，我也不给你算了，充值去吧！"威诗摸了摸头，满头皮发麻。

两人肩并肩地走出了食堂。

3

自习课。

夏槐匆匆忙忙地做着作业，因为几门课的老师都布置了新的任务，规定是自习课下课，老师们都要过来检查的。

夏槐胆小，不敢有半点耽搁。他还不愿意去抄袭别人的，这是他学习坚持的原则。

教室内静得出奇。

突然，"咣当"的一声。

夏槐知道，这又是威诗在折腾他坐的那张椅子：屁股坐在椅子上没有正确的姿势，扭来扭去。"咣当"两声，威诗的椅子轻轻磕碰到了夏槐的椅子。

夏槐仍旧没有理睬，因为作业实在是太多。

夏日槐花
XIA RI HUAI HUA

突然，"咚"的一声。

全班同学惊了起来，抬头寻找声源。只见威诗倒在地上，椅子歪在一边，他摔跤了。

夏槐笑了。

威诗怒了。他站起身，扶正椅子，向四周看了看。没有一个人看他，都在埋头写着作业。

教室外传来"踏踏"的脚步声。

"完蛋了！"威诗轻声说了一句，全然没有了刚才的那份怒，反而多了一份愁：因为他的作业一个字都没有写。

他用胳膊肘碰了碰夏槐。

夏槐知道：威诗要抄作业。他故意将做好的几门作业本移到了两人的桌子的中心线，但一声都没吭，继续写着剩下的作业。

…………

老师们像串门似的，一个接着一个地来到教室。他们的目的只有一个：检查作业。

威诗的心"扑通扑通"地跳到了嗓子眼，越是紧张，抄袭的速度越慢。他还时不时地抬头瞄老师，生怕被老师逮到。

不知是他"做贼心虚"还是"贼眉鼠眼"的样被老师发现了。"威诗，你的作业，拿来批改！"坐在班级前面的数学老师兼班主任宫昶说。

"我的妈呀！我还没有做，这不是死定了吗？"威诗头低得更低了。

"快点，不要磨磨蹭蹭的！"宫老师似乎不耐烦了，站起身，准备走到威诗的桌子旁。

威诗可不想让老师过来，他"腾"地一下子站了起来，一不小心，椅子倒在了地上，威诗也倒在了地上。他好像是被椅子撞倒的。

威诗小声地"哎哟哎哟"地喊。

宫老师慌忙走了过来："要紧吗？夏槐，帮帮他，带他去医务室瞧瞧。"

夏槐没说什么，放下手中的笔，轻轻地扶起威诗。威诗在夏槐的搀扶下一瘸一拐地走出了教室。

"你真能装！"走到教室走廊的尽头，夏槐悄悄地说。

"我装什么？"威诗反问。

夏槐松开了搀扶的手，威诗忽然间好了，也不一瘸一拐了。

4

午间休息，教室内安安静静。

夏槐连连打着呵欠，手不停地轻轻拍着自己的嘴巴，生怕不自主地发出声音出来，被同学们笑话。

夏日槐花
XIA RI HUAI HUA

"呼哧——呼哧——"

夏槐忙用手捂住威诗的打呼噜的嘴巴。

"你真够牛的!"夏槐笑着说,"这么安静的教室,大家都在做作业,你居然还有心思睡觉?"夏槐不再理睬威诗,伸了伸懒腰,继续做起自己的作业。

"真是的,好好的打搅我睡觉。"威诗很不高兴,趴在桌子上,眯上了眼。这次,他的脸反对着夏槐。

夏槐看着那一根根竖起的头发的脑袋,欲言又止。

"威诗,宫老师让你去一趟办公室!"班长在前面喊了起来。

威诗根本没听到,因为他还处于迷糊状态。

夏槐用力地用胳膊肘捅了威诗一下。

"威诗,宫老师让你去一趟办公室!"班长再重复着刚才说过的话。

威诗这次听到了。他茫然地看着夏槐,夏槐两手一摊,继续做着作业。

过了好久,威诗耷拉着脑袋,神情恍惚地回到了教室。他显然有些生气,瞪着眼睛看着夏槐。

夏槐莫名其妙。

"我睡觉,你告状了,对吧!"威诗厉声地问。

"怎么会?我一直在做作业。"

"肯定是你，要不，我睡觉，宫老师怎么知道，还喊我去办公室，将我训斥了一顿。"

"我真的没有告诉老师，我一直在做作业。"

…………

你一言我一语，无论夏槐如何解释，威诗都不相信，坚信是夏槐告的状，两人的关系一下子紧张了起来。

课间休息时，宫老师又找了威诗。

威诗更来火了，直接找到夏槐。

"你是不是我朋友，你怎么能这样对我呢？"

"又咋了？"

"我跟你说的话，你怎么告诉老师？"

夏槐张口结舌。

"午间老师找我谈话，回教室后，我责问你，你怎么能将这件事告诉老师呢？"威诗吼了起来，差点动手了。

"我没有！真的没有！你不能冤枉我！"夏槐真是有口难辩。

"不是你是谁？我俩的事情只有我俩知道。老师怎么会知道呢？难不成我自己跟老师说的？……"

夏槐没有再争辩，只问了一句："老师有没有说我俩说了什么呢？"

"没有！反正就是说我不服气。"威诗依然愤怒。

世界之大，无奇不有。这事很蹊跷。

"夏槐，宫老师喊你去办公室。"课代表在门口招呼着。

夏槐慢腾腾地向宫老师的办公室走去，心里还在想着威诗说的那件事。

"报告！"夏槐进了宫老师的办公室，在办公室的角落，宫老师正盯着一台电脑屏幕在看，上面那些人不正是班级的同学吗？那是什么？

夏槐故意绕着弯子走路，近处一看，原来那是监控。

5

"越来越令人讨厌！"夏槐边走边嘟囔着。

威诗跟上脚步，好奇地问："你讨厌什么？"

"我要让他好看，非得让他下台不可！"夏槐咬着牙，狠狠地说着。

"哎哎哎，你究竟怎么了？"威诗拦在了夏槐的前面，"没见你生过这么大的气，究竟是谁把我们的夏大人惹恼了呀？"

"去去去，跟你无关。"夏槐推开威诗，闷着头继续向前走着。

两人几乎是同时跨过教室门槛的。

"你！宫老师找你呢。"班长郜弥站在教室内的讲台前指着威诗说。

"干吗？"威诗一脸不高兴。

"你的作业没有交，我告诉老师了。"郜弥昂着头，阴阳怪气地说着。

"你这人怎么了？一天不打小报告，天不得黑，是吧？"威诗可不是好惹的人，"我看你的名字还真是取得绝了——告密！你以后改名吧！"

"你……你……"郜弥最怕别人说他这个同音的词，眼睛里冒火，要将威诗一口吞了，"你……你……你等着。"

"告密去了！郜弥就是一个告密者！"威诗大声地嚷着。

"这下，你知道我为什么生气了吧？"夏槐指了指远去的郜弥的背影。

威诗愣愣地看着夏槐，若有所悟。

"今天一大早，他不知为什么，说我的作业是抄袭别人的，说我上课哼小曲，说我这样不好，那样不好。不知道我哪儿得罪他了。真是一个小人！"夏槐越说越激动，"老师怎么选了这么一个人做班长呢？"

不一会儿，班主任宫老师来到了教室，一句话也没有说，指了指威诗，又指了指教室外的走廊。

威诗什么话也没有说，径直走出了教室，站在了教室外的走廊上。

“嘭”的一声，教室门被关了起来，大伙只听到走廊里宫老师叽里呱啦地一顿话语。

一个小时过去了。

威诗灰头土脸地回到了教室，走回座位时，他“砰”的一声，将桌子掀了一个底朝天。然后，他背起书包，走了。

一连数日，夏槐一个人坐。

自习课，威诗出现在了教室的门口，跟在他身后的还有班主任宫老师和校长。

校长对着全班的同学说：“同学们，威诗和郜弥两位同学之间发生了矛盾，宫老师在处理的时候严厉了一些，造成了不必要的一些后果。今天，我代表学校来给大家做解释了，希望班级的同学能够团结一致、勤勉学习！”

宫老师站在一旁，什么话也没有说。

校长走后，宫老师什么话也没有说。

当日，班级上的班长职位进行了自由选举，郜弥被罢职了。

威诗和夏槐手掌都鼓红了，仍显得不够。

6

“这是什么字？”宫老师将手中的本子摔在了桌子上。

“是呀！我都不认识这是什么字？”语文颜瑜老师在一旁

也愤愤地附和着，还拿过手中正在批改的本子给宫老师看，"你瞧，这个字，我都不认识这是谁的作业！"

宫老师接过颜瑜老师递过来的本子，只见封面上的名字一栏的三个字龙飞凤舞，怎么看都不知道是谁的。他努力地猜了半天，也没有猜出是谁的。

连着两节数学课，宫老师滔滔不绝地讲述着解题的思路，教室内鸦雀无声，每一位学生的眼神一刻都没有离开过宫老师的身影。

铃声响起两次，夏槐和威诗都已静静地坐在各自的座位上，笔尖在纸张上"唰唰"地写着宫老师布置的课堂作业。

宫老师背着手在教室内踱来踱去。

"又在猫捉老鼠了！"夏槐小声地对威诗说。

"看看今天，他能逮几只老鼠！嘻嘻！"威诗捂着嘴笑了。

"从哪儿发生的声音？"宫老师在过道上冷不丁地嚷了一句，眼神四处搜寻着。

有几位胆小的学生用手拍着胸口，嘴里还念念有词："吓死我了！吓死我了！"

宫老师踱着方步来到了夏槐课桌跟前。

夏槐和威诗的头低得更低了，生怕宫老师知道是他俩在小声地嘀咕。

宫老师拿起威诗的本子，不看作业，反倒合上本子看了看封面，然后又放下了。他继续向前走去，拿起前排同学的本子，看了看封面，然后又放下了。

铃声再次响起，夏槐和威诗伸了伸懒腰，站起身，来到走廊，趴在栏杆上，愣愣地看着楼下。

走廊的尽头，宫老师和颜瑜老师手比画着，还朝教室这边指指点点。

夏槐拉着威诗回到了教室。

"干吗？还有一会才上课呢？"威诗责怪道。

"嘘！你没有看见宫老师手指着我们吗？"夏槐轻声说着。

"真的？你疑神疑鬼了吧？"威诗笑了。

"我的感觉很灵的，走着瞧吧！"夏槐不再争辩。

"威诗，来一下！"门口传来了宫老师的声音。

不会吧？夏槐的感觉就这么灵？威诗不情愿地走出了教室，站在走廊上，不知所措地等候着宫老师的发落。

"最近的学习状态似乎不是很佳，你！是吧？"宫老师从牙缝里不紧不慢地蹦出这几句话。威诗愣在那里，不知该怎么回复。

"你和夏槐都是聪明的孩子，只是两人整天不知哪来那么多的话要说。有的时候，是不是可以让自己说话的嘴巴停住，关注到其他细节上去呢……"宫老师没有给威诗回话的余地，说个不停。末了，宫老师问了一句，"刚才说的都听到了吧？"

威诗正愣着神，冷不丁被这么一问，忙点头。

"我说的吧！他关注到你了。"夏槐有些幸灾乐祸，似乎又想起什么，"哎，没有说到我吧？"

威诗刚想说什么，教室门口有喊话声："夏槐，你来一下！"

夏槐吐了吐舌头，慢腾腾地站起身，走出了教室。

"听说，你最近像明星一样的给人到处签名呀？"蒙头蒙脑的一句话让夏槐根本不知宫老师在说什么。

"不明白？你的那些本子的封面的名字，好像是明星签字吧？"经过这么一句话的提醒，夏槐知道为什么被宫老师喊到教室外了。

"宫老师，我那是练字！"夏槐赶紧替自己辩解。

"练字？练的是什么体？"宫老师仍旧是不紧不慢地问。

夏槐没有答上话。

"估计是夏体吧？如夏风般流畅，如清水般爽快，如烈日般热情……"宫老师滔滔不绝，那动情的嗓音如同在表演。

一连串的"赞美"让夏槐有些抵抗不住："宫老师，我马上改正！马上改正！下不为例！"

"好！下不为例！"宫老师头一扬，走了，嘴里还在诵读着，"如夏风般流畅，如清水般的爽快，如烈日般热情……"

7

"你！你！还有你！"宫老师用手指着夏槐、威诗和郜弥三个人，"学校近期要举行运动会，仪仗队缺少三人，你们三人参加。"

"为什么选我们三人？"夏槐有些不太乐意。

"谁叫你们长得帅呢！"宫老师半真不假地说着，脸上露着得意的神色。

"真的？假的？"郜弥有些不太相信。因为近期，宫老师对他够冷落的，许多时候都没有让他继续做"密探"了。

"这条理由，我相信！"威诗对自己的相貌还是很满意的。

"我看悬！大家都是帅哥、美女的，就属我长得一般。"夏槐有些怀疑，低着头在想着宫老师的用意。

"121,121,1234……"听着就知道到了操场。操场真是热闹：三三两两在训练跳远的，一个接着一个在跑道上你追我赶的……

"你们到这边来！"体育老师任钰挥着手，喊着他们三人。

不远处的 100 米跑道上站立着一排排、一行行举着旗子的学生。

三人小跑就过去了。任钰老师让他们三人在墙角边拿着三面旗子，正好补齐了最后一排的三个空缺位置。

仪仗队的每位学生左手握着旗杆上方，右手握着旗杆下方，迈着稳健的步伐向前走去。一面面旗子在行进过程中被风吹起，"呼啦啦"直响，伴着学生们整齐划一的步子，煞是好看。

"哎！我好像有点同手同脚。"夏槐小声地对威诗说。

"你真会说话！"威诗笑嘻嘻地、小声地回应着，"我们双手都举着旗子，哪来的同手同脚？"

"这也是哦！"夏槐笑了一下，"可能是以前训练时有过同手同脚，一直有这个阴影？"

"那是肯定的。我以前也有这样的现象！"郜弥笑着说。

"真的？"夏槐不相信郜弥也有过"同手同脚"。

"你不相信拉倒！"郜弥显然有些委屈。

"最后一排，不要讲话，认真走步！"任钰老师在队列的旁边嚷了起来。他拿起挂在脖子上的哨子，响亮地吹了起来，学生们在哨声中步调一致地向前走着。

<h2 style="text-align:center">8</h2>

晨读。

"大炮！"吴蔡嚷了起来。

夏槐回头看了看吴蔡。吴蔡的脸色放光，激动得红斑一块一块的。

夏日槐花
XIA RI HUAI HUA

"大炮！"郜弥也嚷了一声。

夏槐望了望坐在左手边的郜弥，内心觉得这两人怪怪的。

"大炮！大炮！"吴蔡和郜弥同声嚷着。

夏槐没有再理会。不知是两人的怪调还是"大炮"这个词的魅力，班级的整个气氛像浴室内的蒸汽一样：热了！迷漫开了！

"大炮！""大炮！""大炮！"……

一调高过一调，如同那波浪起伏一般。夏槐看看威诗，肩膀一耸，两手一摊，苦笑了一下。威诗扶了扶眼镜架，四周看了看这群有些疯狂的人，低下头没有再说什么。

忽然间，班级安静了下来。

夏槐回头一看，宫老师站在教室的后门口，神情极其严肃，脸部的肌肉一颤一颤，这是被激怒的表现："谁起头的？"

没有人说话。

宫老师指了指夏槐："你，来一下！"

夏槐愣了一下，没有说什么，紧跟着宫老师的步子走出去。

"谁喊的？你一定知道！告诉我。"宫老师依旧神情严峻。

"……"夏槐支吾了一声，没有说出具体的内容。

"说吧！"宫老师的脸色已经呈铁青色了。

"郜弥和吴蔡在我背后喊'大炮'。我也不知道他们究竟是喊谁。好像是喊的我，只是为什么喊我'大炮'呢？要不是喊我，为什么对着我喊呢……"夏槐说来说去，话题开始岔开去了。

"打住！按照你的意思是，你与他俩在课堂上乱讲话了？"宫老师听着夏槐不成逻辑的话，做了一个自我判断。

"我哪跟他们说话了，是他们两个在乱喊乱叫的！"夏槐委屈了，声音也低了。

"好了，这件事我知道了，你回班级吧！"宫老师没有再深究。

下课时，夏槐跟威诗坐在槐树底下的石凳上。

"他们为什么要喊'大炮'呢？"夏槐不解地问。

"这又不是喊你一个的，他们之前就对别人喊过。"威诗一脸轻松。

"那这个'大炮'究竟是什么意思呢？"夏槐眉头皱得更紧了。

"人们不是常说某人性子急，像炮筒一样。他们借过来说人直性子，傻瓜一个呗。"威诗跟这些人相处过，知晓一点小秘密，"不过，他们说你傻，被他们骗过，有这事吗？"

"莫非是……"夏槐想起前一阵子去国际电子展览馆的情形。

"究竟是什么吗？"威诗好打破砂锅问到底。

"没什么！我想他们自己在哪儿受了刺激，才一直说'大炮''大炮'的，跟我无关的哦！"夏槐忙岔开话题。

午休。

宫老师跟两位家长模样的人在走廊上一直说着话，吴蔡在一旁陪站着，还有邰弥也在一旁愁眉苦脸的。

两位家长脸上赔着笑，跟宫老师讲话时的表情明显不自然。他们转身对吴蔡和邰弥说话时，脸色一百八十度的转变——怒气冲冲、手指着他俩的鼻子，看那表情好像是在责骂。

没过多久，两人来班级收拾书包，坐到了教室讲台两侧的桌子旁。

"这是怎么回事呢？"夏槐看着新调到自己座位旁边的两人有些纳闷。这时，他又听到了好多声低低的喊叫："大炮！大炮！"

环顾四周，没有人在喊叫。

夏槐拍了拍自己的胸口："莫非我也受了刺激？"

9

"我进这所学校可是考进来的哦！名次还不错的哦！"崔尼头一摇一摆的，手臂随着语调在空中挥舞着。

"你进来时多少名？"夏槐轻轻地问。

"这个吗？据我了解，应该是在 300 左右。"崔尼随口说了一个大概。

"我很羡慕他的分数，比我高。我是贴着分数线进来的哦！"夏槐边说边摇头，脸上还露出了沮丧的神色。

"算了吧！就凭他？"威诗不以为然，"别人不了解，他——我还是比较了解的。他本没考上这所学校，是他母亲在这里任教，所以就进来的，你别听他吹嘘。"

"真的？"夏槐还不相信："他说的有鼻子有眼的，不会是你弄错了吧？"

"你爱信不信！我们这么多年的朋友，我会骗你？他跟你才认识几天，你就被他哄得天花乱坠，我真是服了你了。"威诗惊讶得不知再说什么好，转身不再跟夏槐说什么，走了。

夏槐愣住了，呆呆地站在那棵槐树下。

课堂上，夏槐正在认真地听语文老师讲解着古文"之"的分解。

"之，有代词的作用，比如指'他'，有时还表示'的'的意思，还有时表示虚词，比如……"颜瑜老师不由自主地摇头晃脑起来。

"之乎者也！"崔尼没等颜瑜老师说完，抢先说了出来，只是声音够小，只有夏槐听得到。

"哎！总是那么老一套。"崔尼又抱怨起来，他用胳膊肘捅了捅夏槐。

夏槐向旁边让了让。

崔尼椅子挪了挪，紧接着又用胳膊肘捅了捅。

夏槐又向旁边让了让。

崔尼准备又要挪动椅子，不曾想听到一声"哐当"的声音。他定睛一看，夏槐摔倒在过道上，看来让得没有地方让才摔跤的。

"哎！又是一个不可理喻的人。"崔尼屁股蹭蹭，椅子回到了原点。

课间，崔尼又用胳膊肘捅了捅夏槐，夏槐这次没有让。

"未来你打算做什么呢？"威诗不知何时站在他们的身边。

"我哪知道？"崔尼不屑一顾地答道。

"你不知道？你不是整天都在说'我的未来不是梦'的吗？"威诗追问着。

"那是一句歌词。我以后要做理论家。理论要根据事实推断出来的，所以'我的未来不是梦'……"崔尼手舞足蹈起来。

"'我的未来不是梦'？这本身就是一句空话。看来，你是一个空想家。"威诗有些得理不饶人。

"他究竟是理论家还是空想家呢？"夏槐指着崔尼问威诗。

"你说呢？"崔尼和威诗异口同声地问夏槐。

夏槐摸不着头脑，愣愣地看着这两人你一言我一语地辩论着。

10

下课铃响，大伙从教室内蜂拥而出，夏槐一把拽住威诗。

"来！"夏槐轻轻地说。

威诗没有说话，只是静静地跟着夏槐来到走廊的尽头。

"我觉得大家最近一段时间对我的态度怪怪的，你知道原因吗？"夏槐直截了当地问。

威诗没有说话。

"不会你也对我有意见吧？"夏槐脸上有些茫然了，"我俩可是好朋友哦！"

威诗还是没有说话。

夏槐这下可急了，毕竟好朋友不多，不能失去现在这么一个知心朋友："你说说，我有什么地方得罪大家了？"

"你真不知道同学们为什么不理你吗？"威诗扶了扶眼镜，反问。

"我真不知道！我要是知道了，还拉你来问？"夏槐仍旧是一脸茫然。

威诗看着夏槐愕然的样子，相信了夏槐的话。他转身又趴在栏杆上，说："大伙前一段时间喊你'大炮'，还有一个原因，就是你喜欢到处乱说，喜欢跟别人较真，有时候还喜欢钻牛角尖。大家觉得与你谈心很难。"

夏槐一言不发地站着。

"你可不要生气哦！这样的情况发生了，也不是你的错，也不是大伙的错。只是你说话的方式需要改一改，有时多考虑考虑别人的感受。"

"他们不跟我说，拉倒！我也懒得跟他们说。"夏槐的怒气上来了，眉头紧锁。

"瞧瞧，我才开始说，你就受不了了。"威诗面露难色。

"我平时说话就那样，那是我的风格！不乐意就算了。"夏槐继续嚷着。

威诗不说话了，想转身走。

夏槐一把又拉住了他："我不是生你的气，我是说他们。"夏槐的口气软下来了。

"你我犯不着生别人的气，我们做好自己就可以，对吧？"威诗心平气和地说，"每个人都有每个人的生活方式，每个人也有每个人的交友方法，只是我真的不希望你像大嘴巴一样，到处高声语，到处高谈阔论。"

这次轮到夏槐不说话了。

"我们是好朋友，我希望你改掉你的一些坏习惯。班上无论是男生还是女生，在背后都议论过你……"

"让他们议论去，我没有朋友就算了。"威诗的话还没有说完，夏槐话语又火爆了起来。

"你真的要想想自己。"威诗没有说什么，转身走了，留下夏槐一个人站在走廊的尽头。

夏槐看着不远处班级的同学在嘻嘻哈哈地说笑，内心有说不出的酸楚。他自己始终想不明白：究竟是我错了呢？还是他们错了呢？还是别的原因呢？

11

"你有什么了不起，不就是老师的跟屁虫吗？"夏槐的吼声在教室里响了起来。

"我就是神气了！就是管了你了！怎么着？"一个尖尖的声音回复着。

"谁要你管？真是狗拿耗子……"仍旧是夏槐的声音。

威诗知道这是夏槐跟班长薛怡芭在争吵，他走进教室，舞动着双手对着两人，制止着："有话好说，都是同学，至于这样吗？"

"…………"

"…………"

两人嘴里嘟囔着，谁也听不清他们各自说了些什么。两人眼睛冒着火，斜着头对视着，各自坐到了自己的座位上。

夏日槐花
XIA RI HUAI HUA

夏槐的心"怦怦"地直跳。他知道那是激动和愤怒的心情引起的。他拿出水杯，拧开盖子，"咕嘟咕嘟"地灌了两大口水，仰天一声长叹，怒火似乎一下子被浇灭了。

薛怡芭可没有夏槐这么轻松。她的内心始终不服气：凭什么说我是老师的"跟屁虫"？我又没有做错什么？她的眼眶里渐渐地涌上了泪水。为了不让别人看到，她将头埋在两只胳膊里，伏在桌子上。

时间悄悄地过去了一节课，铃声响起时，班级上顿时又炸开了锅。这里一群，那里一堆，八卦新闻、校园趣事在教室的空气中游荡着。

"呵呵！呵呵！"这声音听起来很一般，但在薛怡芭的耳朵里却是噪音，她不用寻找就知道这是夏槐那阴阳怪气的声调。

薛怡芭"腾"地一下站起身来，来到了夏槐跟前，用手指着他："你！"脸部的表情恶狠狠的，"跟我走一趟！"

"哦！哦！"郜弥、崔尼、吴蔡等人哄了起来。

"小子，有你好受的了？"郜弥用胳膊捅了捅夏槐。

"不一定，也许是班长大人有好事要与夏槐一起分享呢！"崔尼羡慕得眼睛都发着亮光。

"算了吧？你以为会有好事？"吴蔡一幅不以为然的神情，"上次，她喊我过去，也是这样的。"

"结果如何？"郜弥眼睛瞪得大大的，很是好奇。

"结果，我被宫老师喊到办公室去了！"吴蔡有些愤愤。

"天哪！夏槐，你还是别去了，弄不好，又是倒霉的事。"崔尼阻挡着。

夏槐本来是不愿意理睬薛怡芭的招呼，听得他们这么一说，内心的牛脾气上来了：她能把我怎么着？我倒要看看她要什么威风。

"你凭什么说我是老师的'跟屁虫'？"薛怡芭看到夏槐走过来，怒气冲冲地问道。

夏槐被她这么一问，愣了几秒：理由？还真没有什么具体的。既然她这么问了，豁出去说说吧。这么想着，夏槐就答了："你不是老师的'跟屁虫'，老师怎么知道我的事情呢？"

"你什么事情老师知道了？"薛怡芭更是莫名其妙。

"我在班上回头讲话，在班上嘻嘻哈哈，在班上有时打瞌睡，还有……懒得说你了。"夏槐一口气说出了自己的缺点，觉得这样说自己不妥，他停住了话题。

"哦，我知道了！你认为老师找你的茬，都是我告的状？"薛怡芭冷笑了一声，手无奈地挥了一下，"你别自作多情了，你以为你是谁？我来关注你？"

"不是你又是谁？我的这些事情宫老师为什么每一次都知道呢？"夏槐还是不依不饶。

"我真是无语。"薛怡芭叹了一口气，"我来学校是学习的，根本没有关注过你在校上课、生活的表现，你太抬高自己了。"

夏槐被薛怡芭这么一说，还真不知道怎么接话了。

"实话告诉你吧！宫老师找你这些事情都是他自己看到的，与我们任何人都无关。再说，学校也有监控，我们班的每一个人的行为都会被他看到过。不止你，就是我也被他找过好几次，谈过话。你……你……哎，不说你了，跟你没有办法交流……"薛怡芭越说越激动，转身就走。

撂下夏槐一个人在走廊上。

12

这两天的课间，威诗在走廊上看不到夏槐的身影。

他走进教室，看到夏槐伏案写着什么。他悄悄地绕到夏槐的身后，伸长了脖子，想一探究竟，可惜啥也看不到，还不小心碰到了桌子，"吱"的一声响，引得夏槐回头看到了威诗。

夏槐立刻将手中的本子遮盖了起来，并收到了抽屉里。

"那是什么？这么神神秘秘的？"威诗好奇地问，"不会是给哪个女同学写纸条吧？哪个哪个……"威诗嬉皮笑脸。

"写什么纸条？你的想象还真够丰富的！"夏槐的脸涨得通红。

"那你的脸红什么呢？"威诗指着、笑着。

"……"夏槐想说又止住了，转身走到走廊上，趴在拉杆上。

"发什么呆？我很好奇你写的东西耶，说说吧！"威诗从教室里追到了走廊上。

"我没有像你想的那么复杂，我在写小说。"夏槐转身倚靠在栏杆上。

"小说？"威诗有些惊讶，"怎么突然间写起小说来了。"

"这都是受左右人的影响呀！"夏槐叹了一口气，看起来内心有压力。他没有说什么，只是想着近期左右"两金刚"的行为——

"夏槐，你知道近期公安局又破了一个案子。这个案子非常复杂。刑警人员到达作案现场时，只发现了一双胶鞋、几个脚印，还有凌乱的小纸碎片，其他一无所知。"郜弥昂着头在叙述着案情，手臂也在挥舞着，嘴巴也没有歇着，叽里咕噜地、滔滔不绝地叙说着这个案件，不知道是他从哪里得来的这一连串的故事，似乎他也是破案人员之一，"刑警队长真是太牛了，他居然在脚印里找到了几缕人的头发，那么细小的东西他居然也能发觉……"

夏槐可受罪了，天天听他这唠唠叨叨的案情推理。

吴蔡倒是很安静，一直不说话，用笔不停地在一本厚厚的本子上写着、画着，每日都坚持着。

"告诉你，这是武功秘籍。在遥远的古代，有一位大侠，他拥有盖世奇功。某一天，有一位域外高手，找到他，要一决高下。大侠接受了挑战，一场恶战即将开始。我正在写第四回合的故事呢！"吴蔡抬头来了精神，继而又埋头继续写，突然又说了一句，"你将会是第一个读者，放心吧！"

又是一个"疯狂者"。

夏槐每日看着这两位有些"疯癫"的"邻居"，心里也慢慢地升腾起一股热流，将小学时的爱好继续延续的想法涌到了胸口——

夏槐上小学三年级时，利用暑假写了许多的童话故事。爸爸觉得这些故事很有趣，就让夏槐给这些故事取一个好听的名字。夏槐想了许久，用一张白纸做封面，写上"动物村的那些新闻事——夏槐著"。

爸爸找了一家图文店印制了十几本。夏槐当作礼物送给了小伙伴，还顺带着卖了几本，小小地挣了一点小钱。事后，夏槐虽然也写过一些零零散散的"小说"故事，但大多都是草草结束。这几天，左右两位同学的行为点燃了他内心的那份埋藏很久的创作欲望。

"我开始写小说了！"夏槐笑着对身边的威诗说。

13

薛怡芭捂着鼻子，从教室内冲了出来。

"不要这么夸张吧？！"吴蔡看到薛怡芭皱着眉头的神情，皮笑肉不笑地说。

"嗯……嗯……"薛怡芭还没有放开捂着鼻子的手，支支吾吾地不知道说什么。

"你的鼻子出了问题？"吴蔡故意问。

薛怡芭摇了摇头，指了指教室内。吴蔡走进教室，环顾四周，看了看，夏槐一个人正在伏案做作业，没有什么惊天动地的事情。他回头看了看薛怡芭，摊开手，耸了耸肩。

薛怡芭放开捂着鼻子的手，招了招手。

"你难道没有闻到什么怪味吗？"薛怡芭说到"怪味"，不争气的嗓子又"咳咳"地咳了两声。

"没有呀？看来，你的嗓子还真是过敏！"吴蔡昂着头笑了。

"真的有味道，不信，你坐我座位上，仔细地闻闻。"薛怡芭建议着。

吴蔡点了点头，这样有点类似于侦探情节的行为他很是乐意去做的。他再次走进教室，来到薛怡芭的座位上，若无其事地坐了下来。他感觉棒极了，这可是班长的座位哦！

吴蔡回头又看了看薛怡芭。薛怡芭扭着鼻子，暗示吴蔡闻一闻。

吴蔡闭上眼睛，像警犬一般地桌子上嗅嗅，椅子上嗅嗅。他越嗅越过瘾，站起身来，眼睛微闭，陶醉地朝前嗅了嗅。突然，他感觉鼻子碰到了"障碍物"，眼睛睁开一看，原来是夏槐的后背。

"你干吗呢？"夏槐扭着头惊讶地看着吴蔡。

"没……没……没干吗！"吴蔡脸上堆满了笑容，"就是好玩。对！就是好玩。今天的空气真是清新，我想好好地呼吸呼吸！"边说着边离开课桌，走出教室。

"咋样？是不是有很恶心的味道？"薛怡芭歪着头，等待着吴蔡的答复。

"唉……"吴蔡不知道说什么。说有吧，那是骗人；说没有吧，薛怡芭肯定很失望。

"这个嘛……好像有，好像没有。"吴蔡脸上笑嘻嘻的。

"等于没说。"薛怡芭有些失望，不过，她还是等到了吴蔡的"好像有"的一部分回答，"你有没有鼻炎？嗅觉灵敏吗？"

"没有，绝对没有！"吴蔡摇了摇手，"我们家所有人当中，就属我的鼻子最灵。我妈妈经常让我嗅嗅饭菜是不是坏了，嗅嗅家里哪里有什么异味，整个把我当警犬使唤了。不信，你去问问我妈。"

"算了算了！"薛怡芭挥了挥手，径直走了。

"奇了怪了，明明是没有味道，她为什么说有味道呢？"吴蔡不解地摇摇头，走进教室，来到夏槐的身边，捅了捅夏槐的胳膊，"哎哎！你闻到有怪味吗？"

"哪有怪味，好好的怎么突然说起这个了？"夏槐丈二和尚——摸不着头脑。

"不是我，是薛怡芭！她说教室里有怪味。"吴蔡忙解释，"刚才还让我到处嗅呢！"

"哦，她对我有意见，就说教室有怪味。那不是明摆着说我身上有怪味了？"夏槐很是恼火，心中的火"腾"地一下就起来了。

"她哪是说你呢？你真是多心了！"吴蔡轻描淡写地说。

"整个教室里就我一个人，不是说我，那是说谁呢？"夏槐站起身，"我要找她评评理去，真是没有道理了！"

"慢！"吴蔡拉住了夏槐，"一个大男人，跟个小女子计较什么。坐下！"

吴蔡这句话还真管用，夏槐重新坐了下来。这时，郜弥、威诗几个也回到了教室。夏槐为了证明是否自己身上有怪味，让他们嗅嗅教室里是否有怪味。吴蔡在一旁也怂恿他们几个参与参与。这几个人很是好奇，一个个地扭起鼻子，到处嗅，最终的答案是"空气清新"。

薛怡芭连同几位女生不知何时走进了教室,大惊小怪地嚷起来:"这间教室里什么怪味?"

郜弥、威诗、夏槐抬眼相互看了看,最终眼睛盯着夏槐。

"不要看我,我又没有问题!"夏槐两手一摊。

"哎,就是你身上有怪味!"一位女生指着郜弥说。

"我也觉得有。"另一位女生指着威诗说着。

夏槐的脸又转为平静了,看来,"怪味"不是特别指的他了。郜弥、威诗不再说夏槐什么,而是一个劲地鼻子嗅着自己衣服、手背等处,还相互间你嗅嗅我的衣服,我闻闻你身体周围,啥都没有感觉出,觉得一切正常。

夏槐很是郁闷,这事后来告诉了妈妈。妈妈进修过医学,解开了其中的谜团:随着年龄的增长,男孩的新陈代谢较快,运动量比较大,容易出汗,从而散发出许多的汗味——就是女生所说的"怪味"。

夏槐听后心安了,不是他自己身体出了什么问题。

妈妈提出建议:每天勤洗漱,夏天要天天洗澡,其他季节隔两三天洗个澡,当然还要勤换洗自己的衣服。

14

任月宇——夏槐的左邻，学习认真、成绩稳定的女生，这几日正在跟很多同学打着招呼：过几天就是她的生日，希望大伙能参加她的生日聚会。一连几天，任月宇都没有邀请夏槐的意思。

"肯定是薛怡芭在一旁捣的鬼！"夏槐内心很纠结，"哎，看来没戏了，谁叫她俩是好朋友呢！没有被邀请就没有被邀请吧！我还不想参加呢！"

每天下课，任月宇从夏槐身边走过时，夏槐总是偷偷地瞄上一眼，看看她是否有话要说，可惜，一直没有动静。

一个星期很快就过去了，周末傍晚的夕阳总是那么艳丽。夏槐收拾好书包，站在学校的操场上，默默地欣赏着美丽的夕阳，闭上双眼，深吸一口气，长长地一个叹气，将一周的疲倦放空。

夏槐沿着操场的外栏向校外走去，身后有人在喊他的名字。回头一瞧，是任月宇。

"有事吗？"夏槐扶了扶鼻梁上的眼镜框。

"明天有时间吗？"任月宇笑嘻嘻地问。

"干吗？"夏槐明知故问。

夏日槐花
XIA RI HUAI HUA

　　"明天是我的生日，我邀请了一些好朋友聚一聚，你也来吧！"任月宇等着夏槐的答复。

　　"好的！我一定到！"夏槐生怕错过了这个机会。

　　"不见不散！"任月宇挥着手，走远了。

　　"耶！"夏槐小声地欢呼着，步伐更加轻松，回首看那天边夕阳的余晖，显得无比的璀璨。

　　…………

　　任月宇邀请的同学都准时到了指定的地点，大家相互间聊着天，吃着自助餐。夏槐可能是走得太急，也许是过于兴奋，忘记带生日礼物……总之原因有许多。他没有上前与任月宇做过多的交谈，默默地看着大家你来我往地赠送礼物给任月宇。

　　有一个熟悉的身影出现在夏槐的视线里，他站起身，准备出门。

　　任月宇跑过来，拦住了夏槐："别这么小家子气，来！两个人和好吧！"

　　薛怡芭被任月宇拉着，来到了夏槐的面前。夏槐浑身不自在，两只手都不知道搁哪里。

　　"我也不知道什么地方得罪了你，让你总是那么生气。你告诉我，我改正。"薛怡芭大大方方地伸出手。

　　"别！别！别！其实，你是一个挺认真、负责的班长，我也不知道哪里出了问题，总想着要和你作对。估计，我是嫉妒你的成绩吧！"夏槐的话让薛怡芭的脸都红了。

"不会吧？"薛怡芭有些惊讶。

"呵呵，不是冤家不聚首呗！"任月宇捂着嘴笑道。

相聚的时光总是那么短暂，毕竟大家各自还有功课要做。回到家，夏槐看着那个"埃菲尔铁塔"，心里有难掩的失落。

爸爸从卧室门口经过，看到夏槐坐在书桌前一言不发，问了一句话："咋了？孩子！"

"没事！"夏槐轻松地回了一句。

"这铁塔很漂亮哦！"爸爸看到了装在盒子里的埃菲尔铁塔的模型，"准备送人的？送给谁？"

"同学生日邀请我去吃饭的，结果我忘记送礼物了……"夏槐语气低低的，欲言又止。

"这有什么，明日送呗！"爸爸笑着说。

"她是今日的生日，明天就不过了。"夏槐显得很无奈。停了片刻，他想起什么，"哎，今晚要上晚自习，我可以将礼物送给她。"

屋外的阳光照射在书桌上，埃菲尔铁塔熠熠闪光，锃亮锃亮的金属片上映照着夏槐裂开的笑容。

15

天气开始转凉，秋叶随着阵阵的北风一片又一片地飘落在地面。校园的林荫道的两旁如同铺了一层黄色的绒毯。夏槐轻松地走在这条道上，踩着树叶，发出"沙沙"的细微声响，这是他所喜欢的。

"夏槐！夏槐！"

夏槐停止了脚步，回过身来，站立。

威诗气喘吁吁地来到近处："哎，生日 Party 你怎么不辞而别呢？""又不好玩，我还不走吗？"夏槐接上话。

"郜弥、吴蔡、崔尼他们都在呀……"威诗喘了口气。

"他们懂什么，懒得跟他们说。"夏槐不屑一顾。

"还有薛怡芭……"

还没有等威诗说完，夏槐制止了："别跟我说这个人，现在一提到这个人，我心里还是会有莫名的火会上来……"

"还有任月宇……"

"她说什么？"夏槐急切地想知道她说了些什么。

"你这个人，我话没有说完，全被你打断了。"威诗有些不乐意了。

"好好好！我不说了，你说吧！"夏槐做了一个无奈的举动。

"她说你是一个聪明的人，只是有些自负。"夏槐听到这话，刚想说话，威诗制止了，"打住！等我把话说完，你总是这样急，要听别人把话说完，是好听的还是不好听的，都得要等等。好吧？"

夏槐不作声了，脸上的表情显示出不高兴的神色。

"任月宇说，你有时做事、说话不顾及别人的感受，随口说的比较多。就比如上次吧，你还记得吗？做义务宣传员那次……"

夏槐当然记得。

学校每个学期都有一次的班级社会实践活动，每个班也都有各自的组织方式，宫老师总是别出心裁地安排活动。这个学期一开学，他就让薛怡芭几个班委讨论今年活动的内容。经过集体的讨论，大家一致决定上街去做一次交通宣传员——做好校门口秀苑路来来往往轿车的交通问题。

几位班委经过民主选举，确定了郜弥、吴蔡、崔尼、威诗、夏槐几位男生做交通协管员，薛怡芭和任月宇做交通监督员。宫老师与交运局进行了协商，一切准备妥当，一行人上路执勤了。

平日里，秀苑路上的车辆不管校门口是否有过马路的学生，也不管校门口的人行横道的标志，更不管校园内正在上课，许多是鸣着响笛呼啸而过。

薛怡芭与任月宇在马路的拐弯处拉起了横幅标语，威诗和夏槐在十字路口边摆起了课桌，以备发放交通宣传单，郜弥、吴蔡和崔尼各自在十字路口拐角挥舞着红色小旗，指挥着车辆、行人遵守信号灯的指示……

午间，宫老师给每人准备了一份快餐。

夏槐嘟嘟囔囔道：“怎么没有好吃的呢？”

这时，夏槐看到威诗在马路对过挥着手，他奔了过去。“我请大伙吃好的！怎么样？”威诗眉飞色舞道。

“你？请大家？”夏槐有些不信。

“不是我请，是我的一位朋友请。”他指了指在小饭馆门口的一位男子，那人看起来不像是学生。

任月宇看到他俩在路边上指手画脚，走了过来，问清了情况，又看了看那位男子，对他俩建议：“陌生人为什么平白无故地请你们吃饭？”

威诗口口声声地说认识这个人。任月宇让威诗说说这个人到底是做什么的？威诗一时又说不上来。任月宇说：“俗话说得好：‘吃人家嘴短，拿人家手软。’不明不白的饭，不要去吃！”

夏槐和威诗没有将任月宇的话当回事，仍旧走进了小饭馆，享受着那份“白食”。

16

"奇怪，这几天任月宇怎么不理睬我们呢？"夏槐有些不解，自从上次与威诗进入"白吃"的一顿后，平时几位好朋友形同陌路了。

午间，夏槐正走在落满槐树叶子的林荫道时，身后传来了威诗急促的声音："夏槐，等等我。"夏槐没有停下脚步，继续往前慢走着。

"你怎么也不理我呢？"威诗跑得上气不接下气。

"你找我也不用这么急吧？"夏槐看着喘着粗气的威诗说。

"来来来，坐下说。"威诗拉着夏槐顺势坐在了槐树下的石凳上，"还记得那日去小饭馆吃饭的那位吗？"

"记得！怎么了？"夏槐眉头皱了起来。

"任月宇说的一点没错，天下没有白吃的饭。"威诗低着头，轻轻地叹了口气。

夏槐的心一紧："怎么了？出问题了？"

"吃一顿饭，哪有什么问题！"威诗抬起头，"只是别人让咱俩帮个忙。"

"什么忙？难不难？是不是违法的事情？如果是那样的话，别找我……"夏槐噼里啪啦地说了一连串的话语。

"你不要说这么多废话，哪有这么严重。只是让我们帮一个小忙。"威诗用小拇指掐了一小截。

夏槐没有再接话，等着威诗的下文。

威诗等着夏槐的问话，结果等了半天，夏槐也没有说出一个字。他觉得无趣，只好自言自语地说："哎，早知今日悔不当初！"

夏槐听得不耐烦了，吼了一句："这么婆婆妈妈的，什么事情？"

"那位朋友是一位卖电脑的，主要从事拼装机生意。他知道你对这个方面有爱好，想让你每周去帮他拼装电脑。我们吃了人家的，我也就答应了。"威诗声音越说越低。

"你疯了，我不上学了，哪有时间去拼装电脑。"夏槐可真是生气了。

"可是，我们吃了人家的饭，他提出的这个事情也不是什么大不了的事情呀？"威诗边说边站起身，害怕夏槐再次吼起来。

"不就是一顿饭吗？"夏槐也站起身来，"想以一顿饭来要挟我？门都没有！要去你去，反正我不去！"

"别！我这不是跟你在商量吗？"威诗拦住了夏槐的去路。这时，任月宇从他们身边走过，看到两人，停下了脚步。

"你们这是在做什么？一个脸红，一个耳赤的？"任月宇笑着问。

"他做的好事！"夏槐怒气未消，用手指着威诗。

"我也是无奈。你还记得上次我想喊大家去小饭馆吃饭的事吗？"威诗转身对任月宇说。

"记得，我当时阻止你们去，你们不听我的。"任月宇的脸色有些微变。

"当初要是听你的，就没有今日的事情。"威诗面露难色。

"现在怎么了？"任月宇追问。

威诗将事情的前后经过跟任月宇说了一遍。

"我当初阻止你们去，就知道会发生这样的结果。那人是我的一个远房表哥，他绝对是有事求你才这样做的。肯定是你在他面前夸下海口，所以才会要请你帮忙的。天底下没有白吃的筵席哦！"任月宇长叹一口气。

"真的？你表哥？那太好啦！"威诗兴奋地在原地蹦跳着。

"咋了？"

"你能不能跟他说说，不要让我们做这种事，我和威诗请他吃一顿吧，就算还情，两清，行吗？"夏槐在一旁建议着。

"行是行，可你哪来的钱请呢？"任月宇担心起来。

"就用我积攒的一点小零用钱吧！"夏槐用手指着威诗，"都是你惹的祸，你得付大头。"

威诗忙点头，没有再说什么。

17

近期，天阴沉着个脸，教室的地面总是湿漉漉的。天不好，人的心情似乎也不轻松，夏槐的脸也总是绷得紧紧的，他不知道是为了什么，觉得浑身不舒服。

不知什么时候，宫老师从窗前走过，那掠过的身影让发呆的夏槐惊了一身汗。他慌忙坐正身子，在摊开的作业本上做起了作业，心里还默默地念叨着：什么时候学会"凌波微步"了，悄无声息的。

走进教室，宫老师并没有找发呆的夏槐，而是将薛怡芭喊出了教室。好奇的夏槐探着头，看着教室外：薛怡芭可是班长，找她定没有什么好事。出乎夏槐的意料，教室外的走廊上传来了宫老师的怒气："你这样做，叫全班同学怎么看？你这个头带的可一点都不好！……"

稀奇！稀奇！真稀奇！薛怡芭也有让宫老师不高兴的事情？不单单是夏槐的头伸得长长的，想一探究竟，全班的人几乎都伸长了脖子，歪着头看向教室外的走廊。

不一会儿，薛怡芭低着头走进了教室。她的头发耷拉着，遮挡住了眼睛，大家看不清薛怡芭脸上表情。

夏槐倒是希望薛怡芭哭一场，又想了想，还是算了吧！谁被宫老师骂都会心里难过的。

夏槐看着薛怡芭坐到了座位上，肩膀耸了耸，头埋得更深，似乎哭了。这时，夏槐倒是希望薛怡芭不要哭，因为这么一个强势的班长哭起来，可不好看。不好看？不对！薛怡芭的头发怎么有红红的色彩呢？夏槐揉了揉眼睛，怀疑是自己看花了眼。

的确是有红色！夏槐睁大眼睛再仔细瞧了瞧，薛怡芭的头发不仅有红色，还有淡淡的粉红，还有红不红、黑不黑的色彩。

咦？奇怪了？这是什么头发？难道薛怡芭是混血？好像不是！没听大伙说过呀？

夏槐拍了拍前排的任月宇。

"你看到过五彩的头发吗？"

"看到过！"

"你看到红色的头发吗？"

"看到过！"

"你看到过身边哪个有红色的头发吗？"

"薛怡芭！"任月宇头都没有抬，不紧不慢地应答着。

"哦。你知道？"夏槐听得一头雾水。

"这有什么奇怪的？"任月宇回头笑着说，"薛怡芭头发又不是今天才有红色的，早些日子就有了，只是你没有注意罢了。"

"那……那……她……她……"夏槐不知道要说什么，也不知道要问什么。

"哈哈！"任月宇看夏槐结结巴巴的样子，捂着嘴笑了，"那是她的事，每个人都有爱美的自由，对吧！"

"这倒也是！"夏槐看了看那披散着微微红色的头发，低下头也做起了作业。

"薛怡芭，出来一趟。"宫老师又将薛怡芭喊出了教室，只是门口多了一位中年妇女，她的头发红得更明显。

"任月宇，你看，那位的头发更红唉！"夏槐指了指教室外。

"你真是大惊小怪，那是薛怡芭的妈妈。"任月宇悄声地告诉夏槐，"薛怡芭的头发就是她妈妈帮她染的。"

"哦！原来如此！"夏槐不再说什么。

18

一连几日，班级中少了班长大声训斥的声音——因为"头发事件"，宫老师请薛怡芭的妈妈将她带回家了。

夏槐坐在自己的座位上，扭了扭身体，有些不自在。他自己也有些纳闷，总是问自己：是不是没有了"争吵对手"？不像！没有了，岂不是更清静？是不是天气暖和，让人犯困？自己的精神气足得很。不管了，自己还是做自己吧！夏槐这么想的，甩了甩头发，又埋头做起作业。

"呦！你来了！"任月宇惊讶的语调让安静的教室里的人全部抬起了头。

教室门口站着薛怡芭，大家都有些不认识了——长头发变成了短头发，头发的颜色又黑又亮。

不知道是谁带头鼓起了掌，教室里拍手的声音引得教室外临窗的树丫上的小鸟也探头张望着。夏槐也与大家一样，微笑着看着薛怡芭。

平时在班级中大大咧咧的班长的脸"腾"地红了起来。她有些慌乱，不知说什么，嘴唇动了两下，终究没有说出任何的话语，坐到了座位上。

教室内又安静下来了。

前面如蚊子一般的谈话声时不时地传到夏槐的耳朵里：听吧，又听不清楚；不听吧，那犹如细丝的声音不时地撞击着耳膜。

"嘘！"无奈的夏槐提醒着坐在前面的两位——薛怡芭和任月宇。

这两人回头朝夏槐笑了笑，继续小声地说着。

"你怎么把长头发剪掉了呢？多可惜呀！"

"我都恨死了！留了那多年的长头发，一会儿就没有了。"

"你可以不剪嘛！"

"还不是宫老师的缘故！一天三次地跟我妈说……"

"宫老师？不会吧？你的头发怎么跟他有关呢？"

"头发本来不是染了一点红色吗？我和我妈都觉得没有什么，反而觉得还蛮漂亮的……"

"我也觉得你带点颜色的那个头发还真的蛮漂亮的。"

"你不记得上次我妈来了，那是宫老师打电话让我妈来的。我妈也无奈，只好来了。宫老师就当着我妈的面让我们保证要将头发剪掉，并且消除掉色彩。"

"这有点过分了吧？"

"你不知道，他给我们上了一堂政治课哦！说什么学生不能染头发，还说这会影响到班级其他同学的学习。我还真不知道这会影响到其他同学什么了？真是有些莫名其妙！"

"唉，这也真是的……"

"所以，宫老师让我妈将我带回去了。其实，我妈根本不赞成宫老师的意见。只是碍着他是老师，没有争辩。回去后，我们讨论了半天，最终做出了让步的决定。"

…………

前面两人沉默了好久，都没有说话。夏槐本来想安慰两句的，也不知道说什么好，又担心被薛怡芭说什么"又偷听我们说话"，想来想去，只得继续做着作业。

第二章 多事之秋

1

进入了秋季，夏槐没有觉得天气阴冷，反倒觉得每日的背部总是汗滋滋的。走在那棵树叶早已凋落的槐树下，夏槐左肩耸到右肩，右肩耸到左肩，浑身不舒服。哎，这鬼天气！夏槐抬头看了看天，天空除了灰蒙蒙的一片，偶尔有飞过的小鸟，除此之外，再也没有别的东西了。

到了傍晚，屋外刮起了猛烈的北风，气温一下子就降了许多。妈妈催促着夏槐赶快加衣服，左一句，右一句的，夏槐全然当作了耳旁风。

夏日槐花
XIA RI HUAI HUA

　　每到周六晚上，夏槐总喜欢磨蹭，啥也没有做，也要到个十点半才想起睡觉的事情。

　　今日也不例外。

　　"洗澡了哦！"夏槐对着躺在床上看书的妈妈说。

　　"好的！"妈妈回应着，虽然她知道这句话后还要再等待十几分钟的时间。

　　夏槐说"洗澡了哦"后的十五分钟，再次对躺在床上看书的妈妈说："洗澡了哦！"

　　妈妈仍旧是满心欢喜地应和着。

　　这次，夏槐开始准备洗澡的衣服了，顺手将暖风机、暖气扇等一系列的保护设施开启了起来。不一会，淋浴房里响起了"噼里啪啦"的水声，还伴有歌声。

　　看来，夏槐很享受洗澡的美好时光。

　　"出来了哦！"夏槐穿着凉拖、短裤来到客厅，拿起搁在茶几上的手机，打开了无线网，回到房间。结果，试了几次，上不了网。他有些纳闷，下床，穿着凉拖，再次来到了客厅，反复捣鼓着路由器。

　　"孩子呀！你怎么这样的状态呀？"妈妈着急地在卧室里喊了起来，边说边来到客厅。

　　夏槐没有理会，他要修理好这台被他称之为"蜗牛"的路由器。

妈妈在一旁生气地拉扯着他，让他回到床上好好地休息，免得受凉。

夏槐很不情愿地回到了床上，等妈妈回到卧室，他又跑回了客厅。

等到他心满意足地穿着凉拖回到床上时，接连打了好几次喷嚏。他并没有在意，依旧拨弄着手机；肚子"咕噜咕噜"地响了一圈，他也没有在意。稍后，他躺进了被窝。不一会儿，夏槐进入了梦想，他似乎触摸到了冰冷白雪。

2

午夜，夏槐就被一阵难忍的疼痛惊醒了。

是不是胃疼呢？不像！今日吃晚饭时的胃口还不错呀？

是不是受凉了呢？有点像！

不管了，继续睡觉吧。可是，疼痛似乎没有要走的意思，伴随着间歇性的疼痛，夏槐撑到了凌晨三点，他发出了"哼哼哈哈"的叫声。

"怎么了？孩子！"隔壁传来问话。

"我肚子疼！"夏槐边咬着牙边大声地喊着。

"我来了！"话音还没有落，爸爸就已经站在床边了，"哪里？指给我瞧瞧！"

夏槐指了指肚子的中央部位。

"胃疼?"爸爸扶了扶眼镜,有些着急。

夏槐摇了摇头:"好像不是。"

"那你再指给我看看,哪儿?"爸爸更是着急了。

夏槐的手指到了右下腹:"好像是这儿!"

这时,妈妈也已经站在了爸爸的身后,见夏槐指的部位,插上话:"不会是阑尾炎吧?"

"阑尾炎是什么呀?"夏槐有些不明白。

"你昨晚洗澡时,温度那么低,你穿着凉拖跑过来跑过去,说不定是受凉了呢?"爸爸看了看夏槐,又看了看妈妈。

"这是很有可能的哦!"妈妈坚定地说。

"能坚持住吗?"爸爸追问一句。

最终,夏槐做了最后的决定:马上、立刻去医院。

爸爸二话没说,穿好衣服,妈妈也帮夏槐穿好了衣服。下了楼,去了医院。

"你哪里疼?"

夏槐依旧将在家里指给爸妈看的部位告诉了医生。医生让夏槐躺在了里间检查室的床上,用手轻轻地按着夏槐的胃部:"疼吗?"

夏槐点头表示"有点"。

医生又用手顺势往下移动一点,用力按了按,问:"疼吗?"

夏槐摇头。

医生将手横移到右下部，用力按了按，还没有等医生问，夏槐急忙地说："疼！疼！"

"我怀疑是阑尾炎！"医生提出了自己的观点，"为了证实是否确定，请你到隔壁的医生那里再复查一下。"

隔壁值班医生见到夏槐进门，也是按照第一位医生的那样的形式细致地检查了一遍，说出了自己的想法："我可以肯定，这是阑尾炎，建议马上住院治疗。"

夏槐听得这话，小声嘀咕着："哎，下周要考试，很重要的一次考试，这会影响到日后的升学呢！"

爸爸郑重其事地说："孩子，身体是第一位的！没有一个好身体，其他事情都不可能做好。听从医生的建议，立刻住院治疗。"

九病区 12 床——夏槐住院了。

称重、量血压、验血……一系列的常规检查。护士在夏槐的手腕上套了一个粉红色的橡皮圈，一再提醒："住院期间，这个圈不能脱下来！"

夏槐点了点头，低头看着橡皮圈上的文字：

姓名：夏槐	性别：男	血型：A 型	区域：本地
病区：九	床号：12	住院号：0369280	
过敏史：青霉素阳性		诊断：急性阑尾炎	

夏日槐花
XIA RI HUAI HUA

夏槐与爸妈一道随着护士来到了 12 床的房间。这是一间有三张床位的病房，里面已经有一位六十岁左右的大妈。攀谈之后得知，原来是大妈的脖子右侧有一肿块，需要动手术。

深夜，医院也不平静，走廊上总有推车来来去去的声响。病房内，夏槐打着呼噜睡着了。爸爸透过玻璃窗向外望去，远处的街灯一连串地延伸至远方。他躺在备用小床上，总是睡不着，生怕夏槐夜里仍有疼痛。

一夜就这样度过了。

清晨，医生来查看夏槐的病情。

"疼吗？"医生的手按在夏槐的胃部。

"不疼。"

"疼吗？"医生的手按在腹部的左边。

"不疼！"

"这边疼吗？"医生的手按在了腹部的右边。

"疼！"

"这样疼吗？"医生用手轻轻按住，并迅速地松开手指。

"松开不疼了。"

医生反复了多次，还与夏槐做了简单的交流，得知疼痛是从胃部慢慢转移到右下部，确诊为急性阑尾炎，说："今天早晨准备给你开刀。"

病房内，夏槐不停地询问着妈妈开刀是否疼？开刀是什么样子的？等等。妈妈一直安慰着夏槐，告诉他，一切都会好的，阑尾炎开刀手术是成熟的手术，属于"小手术"……

临近十一点钟，手术室的推床来了。夏槐觉得自己可以走过去，也就没有睡在推车上。到了手术室门口，进了门，夏槐睡上了手术车。

爸爸和妈妈静静地坐在手术室外等候着。

<h2 style="text-align:center">3</h2>

床单，白色。

屋顶，白色。

地面的四周，白色。

垂幔，绿色。

盖在身上的毯子，绿色。

医生的服装，绿色。

地面中央的过道，绿色。

夏槐躺在手术床上，还是有些焦虑，他左顾右盼。一团绿站在夏槐的眼前，他定睛一瞧，是一位戴着眼镜的年轻医生。

"我刚才与你父亲交流过了，手术结束后，为了减轻你的疼痛，我们在手术过程中，会给你安装止痛棒。"他的手上多了一块呈椭圆状、透明的东西，里面有满满的液体在左晃右晃的。

医生示意他侧身，告诉他准备注射麻药。

　　夏槐只感觉背后凉凉的，一丝丝的疼痛之后，从胸以下就没有了知觉。他只得静静地躺在手术床上，眼睛也有些迷糊，微微地闭上了双眼。眼前似乎有一柱灯光照射下来，夏槐也不知究竟是照亮在哪里。他的耳边迷迷糊糊地传来脚步声，一个、两个、三个……夏槐的心里默数着，大约有五位。

　　"他的症状是在右腹部以下，是典型的急性阑尾炎的病兆……"夏槐没有听到下面说什么，估计是手术开始了。

　　"你看，这里是阑尾部位，在切除的时候，要准。"一位年长医生的口吻。

　　"他的阑尾比较长哦！"一位年轻人的口气。

　　"是的！已经有了炎症了，看到了吗？"年长的医生话语停顿了片刻。夏槐听得到有手术刀、夹子的声响，他们之间的话语又开始了，"阑尾有充血、水肿，这也是典型的急性炎症的状况。我们开始切除吧！"

　　又是一阵叮叮当当的器械声。

　　夏槐眼睛开始能睁开了。这时，一位医生端着一个白色的盘子，里面放着一段长长的东西："手术很成功，这是你的阑尾，比别人的阑尾要长一倍哦！"

　　夏槐又一次昏昏沉沉了，估计是麻药的缘故吧！等从迷糊中再次清醒过来时，夏槐安静地躺在了推车上，已经来到了手术室的屋外，周围站着爸妈，爷爷、奶奶也来了。

夏槐再次回到 12 床，感觉伤口有一阵阵的疼痛感。爸爸喊来了护士，护士打开了止痛棒。夏槐感到有一丝丝冰凉的药水流入了血管，伤口的疼痛也消失了许多。

夏槐平躺着，又一次地睡熟了。

4

爸爸一直到凌晨两点半才眯上一会眼，因为夏槐手术后一直在打点滴。

屋外刮着猛烈的西北风，它们顺着墙根滑过来，嘴里还发出"呜呜"的声响，有那么一两阵风还硬挤着玻璃窗的缝隙钻进病房，突然遇到那暖暖的热气，浑身一发抖，它们又慌不择路地跑出了屋子。

天麻麻亮时，夏槐醒了。

"哎哟！肚子疼。"夏槐在床上嚷了起来。

"到底是肚子疼？还是伤口疼？"爸爸仔细地问着。

"是伤口疼。"夏槐纠正了自己的话语。

"那是自然疼！你是开了刀的，划了那么一大口子，不疼，可能吗？"爸爸极力安慰着夏槐。

就这样，夏槐一嚷，爸爸就找着话语安慰着。

夏日槐花
XIA RI HUAI HUA

医生查房了，看了看夏槐的伤口："不错！过几天就好了。"

夏槐的心平静了许多，毕竟这是第一次动手术。虽然，大家一再强调阑尾炎开刀是成熟的手术，是小手术，但刀口在夏槐的肚皮上，是疼是痛，只有他自己知道。

打点滴的输液瓶一个接着一个地挂到夏槐的病床前，有大有小，有无色的，也有黄色的。

时间一长，夏槐内心开始有了"猫抓心"似的烦："爸爸，什么时候才可以出院？"

"这要看你恢复的情况来定了。医生说了，阑尾炎开刀，一般是一周。"爸爸抬头看了看挂着的瓶子里的液体，又看了看平躺在病床上的夏槐。

"哦。那我什么时候可以吃东西呢？"夏槐又追问了一句。

"这两天肯定是什么东西都不能吃，要等到你肠胃通畅了之后。医生来查房时说的，让我们特别注意你肠胃的蠕动情况。"爸爸仍旧是安慰的口气。

"我有些渴，想喝水。"

"不行呀！医生特别交代了，刚动完手术，不能喝水。"爸爸站起身来，看着夏槐说："这样吧，我用棉签蘸点水，在你的嘴唇上涂涂吧。"

夏槐抿着已经干得有些发白的嘴唇，忍受着饥渴，重新又闭起了双眼。他知道，提再多的要求都是枉然的，一切还得按照医生的要求来做。

病房内很安静，似乎能听到输液瓶中水"滴答滴答"的细微声。

5

早晨，爸爸、妈妈去单位处理事务，夏槐卧在病床上打着点滴。他目光呆呆地望着窗外那高高的楼房，没有平时那么多的话语。

临床的大妈看夏槐有心思，就拉起了家常。

"孩子，你爸妈呢？"大妈因为扁桃体发炎，脖子上做了一个手术，切除了多余的包块，说话声音低沉沉的。

"上班去了。"夏槐扭过头。

"你真勇敢！开刀到现在都没有喊疼。"大妈夸起夏槐。

夏槐笑了笑，他怎么没有喊疼呢？爸爸、妈妈在身边的时候，还时不时地小声地说着"疼疼"。现在，爸妈不在身边，喊疼也没有人理睬。

夏槐看到大妈脖子上裹着纱布，很是好奇："你开刀的时候，害怕吗？"

"害怕！怎么不害怕。"大妈用浓重的低音说着："我都不知道扁桃体里的包块究竟是什么样的？是良性的呢？还是不好的呢？"

"开刀后，医生怎么说？"

"当场就做了切片化验，医生告诉我良性的，没事！"大妈停顿了片刻，"你看，我现在不是好好的，又能说话了吗？"

夏槐心里想着：原来开刀，人人都害怕，人人心里都没有底。

这时，当班的护士进来了，径直来到夏槐的身边："小伙子表现不错哦！这几天还要试着下床走走，这样肠蠕动就会加快，也有利于伤口的愈合。"

过了两个小时，点滴终于挂完了。夏槐有小便的意识，爸爸在旁边的时候，可以帮助自己，现在咋办呢？夏槐轻轻地挪动着左腿滑到床边，然后再挪动右腿。一不小心，伤口一阵剧痛，夏槐一紧张，右腿停在床的中央不敢动弹。神经绷得紧紧的，大约僵持了两分钟。

不行！一定要下床！夏槐想起刚才护士的话语，又开始挪动起右腿。这次，他格外小心，幅度也小了许多。右腿终于挨到了床沿，夏槐双手朝床板上用力地撑起，整个身体的重量集中在臂膀上。他咬着牙，慢慢地支撑着上半身起来，额头上渗出了汗珠，不知是室内暖气的原因，还是自己太过用力。

"嘘——"夏槐长叹一口气，终于坐了起来。他用双手搬动着自己的双腿，沿着床沿放下，鞋子就在跟前。他弯着腰，扶着床栏，顺着墙，一步一步，慢慢地挪进了病房内靠门边的卫生间。

　　…………

　　过了五六分钟，卫生间的门开了。夏槐的脸上露出了笑容，只是额头上的汗珠还没有拭去。他一手捂着肚子，一手扶着墙，将身子慢慢地探出病房。

　　病房的走廊上有两三个病人在走来走去，似乎是在锻炼身体。

　　夏槐仍旧一手捂着肚子，一手扶着走廊边坚实的扶把手，慢慢地向走廊的尽头走去……

6

　　"挂水了！"护士一大早又来了。

　　"今天是第几天了？"夏槐明知故问。

　　"第四天！"爸爸掰着指头数了一下。

　　"再过三天我就可以出院了，是吧？"夏槐的眼角露出了欣喜。

　　"这还是要看你恢复的情况如何了？"爸爸还是当初的那句话。

　　夏槐想象着出院后的美好景象：骑着心爱的自行车去上学，

与好朋友一起郊游，在校园内和伙伴们一起谈天说地……

"夏槐，我们看你来了！"还没有见到人，先听到声音。任月宇手中捧着一束鲜花，里面还插了一张小纸片，写着"祝你早日康复"的字。

任月宇来到病床前，看着夏槐挂水的手臂，问："开刀疼吗？"

"怎么不疼？疼，还得忍着，要不咋办呢？"夏槐脸上流露出痛苦状。

"你主要是哪里疼呢？"威诗很是好奇，"要不，给我们瞧瞧？"

"这个嘛……"夏槐的脸有些红了。

"夏槐的刀疤是在右下腹。那要拉开裤子来看的。可能不是很方便。"妈妈在一旁帮忙解释着，缓解了夏槐的尴尬。

"开刀是不是很恐怖？手术室里是什么样的呢？"吴蔡凑过脸问。

"那可不是。恐怖得很。"说到手术室，夏槐的眉毛都拧在了一起。

"开刀，就是用刀子哗啦一下在肚皮上划开一个大口子？"任月宇捂着嘴笑着问。

"哈哈……哎哟！哎哟！"还没有笑两声，夏槐赶紧收敛了笑意，因为肚皮上刀疤隐隐地作痛。他只得又安稳地平躺在病床上。

"你这几天不在学校，许多人还是蛮想你的。"威诗在一旁插上了话。

"真的？谁？"夏槐很是兴奋，居然还有人想他。

"你想要谁想你呢？"吴蔡皮笑肉不笑地问。

"第一，任月宇想你呗，所以今天带我们来看你了。"威诗看了看任月宇。

"是的！我是希望你早日康复，回到校园。同学们都想来看你，我们几个人做代表，就过来了。"任月宇笑着说。

"谢谢大家的关心！代我向大家问好，我没事的，只是一个小手术而已！"夏槐很是开心，突然眉头一皱，"哎哟！哎哟！"

"怎么了？"任月宇慌得问了起来。

"哎，一激动，刀口就疼起来了。看来，大家还是不要想我，我也不要想大家好了，要不，伤口总是好不了了。"夏槐皱着眉头，笑着说。

病房内一片欢笑。

7

阳光还是那个阳光，一晃一个月过去了。

夏日槐花
XIA RI HUAI HUA

夏槐一直在家休养，身体一天好过一天。

这天，夏槐倚靠在飘窗上，享受这暖暖的午后阳光。不一会儿，他眼睛微闭，有些昏昏然。这时，"嘀嘀嘀"的手机铃声响起，他拿起手机，半睁着眼瞧了瞧。

"如果你身体康复了，就过来上课吧！我们几个都很想念你！"这是威诗发来的信息。夏槐内心涌起一股莫名的激动。

妈妈带夏槐去医院进行了复诊，医生轻轻地拍了拍夏槐的肩膀："一切正常！休养得不错，可以上学了，只是不要有剧烈运动哦！"

耶！夏槐紧紧握着拳头，差点蹦起来。

妈妈看着夏槐如此高兴，在一旁也开心地笑了。

第二天早晨，爸爸用电瓶车送夏槐到了校门口。夏槐背着书包，迎着有些刺骨的冷风，向校园内走去。走到教室门口时，他犹豫了，突然间显得有些陌生了。

"嗨，夏槐！怎么不进去呀？"听得出来，这是威诗的声音。夏槐没有说什么，只是仰起脸笑着与威诗一起走进了教室，坐到了久违的座位上。

同学们陆陆续续地走进了教室，有一部分人看到夏槐，都轻语、微笑着跟他打着招呼。

夏槐也一一地点头表示感谢。

夏槐休养的那段时间里，班级进行了一次大型的考试，老师还将大家的成绩排名张贴在黑板报的右下角。从那张已经破烂不堪的纸张上可以看出，它已经存在了很久的时间了。

夏槐看到自己的名字排在最后一行，后面是一连串的"0"。威诗早已将排名的事情告诉夏槐，这是电脑自动计算、排列的。

夏槐看着那一行的"0"，浑身感觉不自在。

宫老师也早已将排名向夏槐做了解释，并且告诉他不要担心什么，那仅是一次考试的排名。他希望夏槐在后面的学习过程中，能够取得好的成绩与名次。

夏槐心里默默地许下了愿望。

午间，大伙都去食堂吃饭了，只剩下几位出黑板报的还在那里"吱吱呀呀"地写着。十多分钟后，夏槐吃完饭回到教室。此刻，教室里没有几个人，其余没有来的人都在操场上三三两两散着步、谈着心。

黑板报出得不错，特别是那些小插画，夏槐很是喜欢。他看到黑板报的右下角的那张纸不见了，取而代之的是用彩色粉笔写的每一个人的名字，"夏槐"在最后，排在他前面的两位是自己最不喜欢的两位"调皮王"。

夏槐有些郁闷，不言不语地坐到座位上。也就是那么几秒钟的时间，夏槐又站了起来，走到黑板报跟前，用袖子将自己的名字擦拭掉了，顺势将那一整排都擦模糊了。

"唉，夏槐！你这是干吗？"吴蔡正好看到这一幕，旁边还站着任月宇，也吃惊地看着夏槐。

夏槐没有说什么。

"你为什么要擦掉自己的名字呀？"吴蔡走到夏槐跟前追问。

"我看着不舒服！"夏槐的话语中带着怒气。

"又有哪儿不顺你的意了？"任月宇也跟着问。

"你们俩看看，这不是明摆着说我是班级中最差的一名吗？"夏槐无名火冒了上来。

"欸，你多心了。宫老师说了，我们是一个集体，要团结一致，形成合力。所以，出黑板报的时候，他们是拿着宫老师提供的考试排位单上的名字抄上去的。最后在检查时，发现少了你的名字，就补上去了，所以你排在最后。"任月宇一口气说出了原因。

夏槐低着头不言不语。大家也各自回到了座位上。

放学时，黑板报擦去的最后一行，补上了"夏槐"两个字。

8

每日晚上，妈妈都会做好吃的给夏槐补补身体。夏槐似乎并不领情，总用以这样、那样的理由拒绝。

自从做了一个小手术后，夏槐的性格也发生了突变，似乎天底下的人都要关照他，否则那就是"对不起他"。

　　每日放学回到家，夏槐总是大呼小叫的，惹得爸爸很不高兴。

　　"这几天，我不太舒服！"夏槐跑到妈妈身边叫着。

　　"哪里不舒服？"妈妈温柔地关切着。

　　"好像有痔疮！"夏槐小声地说了一句。

　　"你怎么就这么肯定呢？"妈妈边做事边问。

　　"上厕所的时候发现的！"夏槐解释着。

　　"什么现象？"妈妈刨根问底。

　　"……"夏槐含糊地哼哼着。

　　"什么现象？"妈妈又追问了一句。

　　"……"夏槐含糊地哼了好几声，就是听不清他在说什么。

　　"你说清楚，我才好做判断呀，对吧？"妈妈停下手上的活，继续追问着，神情很是严肃。

　　"我上厕所的时候，有血。"夏槐抿着嘴，有难言之隐，顿了顿，接着说："而且，出血量还是比较大的。怎么办？"夏槐的脸色有些转变，露出惊慌的神色。

　　妈妈知道孩子的内心有些担忧，安慰了起来："首先，这是有痔疮的嫌疑……"

　　妈妈的话还没有说完，夏槐就迫不及待地插起了话："那怎么办呢？"

"你不要着急！听我慢慢说。"妈妈拍了拍夏槐的肩膀，"痔疮在我国是最常见的肛肠疾病，俗话有'十男九痔''十女十痔'的说法……"夏槐又显得不耐烦了，他根本没有心思听妈妈说这么专业的解释，只是想了解自己情况的解决方法。

"你看你，又是这么急，怎么能解决问题呢？"妈妈坐了下来，夏槐靠着也坐了下来，催促着解决的办法，眉头也开始皱起来了。

"要解决你的问题，首先要知道你的痔疮是如何生成的。"妈妈还是自顾自地说着："你有一个坏习惯……"

"这我知道，就是蹲马桶的时间太长。你不要说这个了，直接说怎么办吧！"夏槐站了起来，显得很是急躁。

"那你让我怎么做？"妈妈不说问题，而是反问夏槐。

"不知道！你告诉我怎么办？你不是学医的吗？"夏槐开始有些不耐烦了。

"坐下来，我们首先要知道痔疮是怎么形成的，然后才能对症下药，否则一而再再而三，会经常发作的。"妈妈依旧是神情严肃。

"以后还会发作？"夏槐一听急了，"那怎么办呢？"

"你看，你根本不想解决问题。坐下！"妈妈拍拍沙发垫子。

夏槐重新坐下。

"你的痔疮，据我观察，应该是与你蹲马桶的时间太长有关。"妈妈判断着。

"这跟蹲马桶的时间长有什么关系！不可能！"夏槐辩解道。

"怎么没有关系！你坐在马桶上，时间那么长，压迫着腿部等部位的血管，使得血液不流畅，久而久之，肛管皮肤下的静脉丛会淤血、扩张和屈曲，最终会形成静脉团，生成痔疮。"妈妈说的太专业，夏槐似懂非懂。

妈妈看夏槐没有听清，就做了一个简单的说明："你长时间坐在马桶上，腿部血管被压迫，血流不畅，形成了痔疮。只要你注意上卫生间的时间，就能解决问题。"

夏槐若有所思。

9

不知是心理因素还是做过小手术的缘故，夏槐内心总有那么一点点的小疙瘩。

"妈，我已经连续好几天都没有上厕所了。"夏槐高一个八度的嗓门又在客厅响起。

"不会吧？"妈妈从房间走出来，脸上露出着急的神色。

"真的！我没有骗你的。"夏槐噘着嘴，头仰着高高的，"而且，我的小腹部还有胀胀的感觉，不信，你可以摸摸看。"他的右手捂在肚皮的位置上。

"今天也没有上厕所？"妈妈随口问了一句。

"刚刚上的厕所，好像是有点拉稀。"夏槐解释道。

"这小子说话前后不一致。"妈妈听得夏槐的回答，内心有底了，"那你的态度是什么呢？"

"带我去医院看看，可以吗？"夏槐提出了想法。

"可以！"妈妈满口答应。不过，她又提出了一点小小的意见，"你这个胀胀的感觉，是不是消化不良的缘故？或者是受凉的缘故？"

"我什么都不是。估计还是痔疮的原因引起的其他问题。"夏槐根本不理睬其他的答复，仍旧在回想着"痔疮"的后遗症。

"那好吧，我们带你去医院看看。"妈妈做了最后的肯定。

"我先不去了，要做作业呢！"夏槐听妈妈说得这么肯定，心里也不怎么想去了。

"那你到底是去还是不去呢？"妈妈有些摸不着头脑了。

"待会，我再想想。"夏槐走进书房去了。

…………

"妈，好像真的有些疼！"夏槐在书房里又叫起来了。

妈妈赶紧又走到书房，她知道，如果不马上去，夏槐的态势又不知道往哪个方向发展。

"喏，还是这里，似乎胀得更厉害了。"夏槐指了指肚皮。

"还是那里？"妈妈摸了摸夏槐的肚皮，觉得并没有什么异样，不过还要装作有些着急的样子，"这样吧，既然是胀胀的，我感觉可能是消化不良造成的。还有，你好几天没有上厕所，是不是这几天都没有怎么喝水？"

夏槐点点头。

妈妈接着说："平时的饮食，你也是由着自己的性子，这个不吃，那个不吃。特别是蔬菜，你很少吃，这样一来，肠蠕动就少，当然有胀胀的感觉。"

这时的夏槐一句话都不说，仔细地听着。

"我买了一些香蕉，你去吃几根。"妈妈建议着，从客厅的茶几上拿来了香蕉，剥好给了夏槐。夏槐接过，几口就吃完了。

"像你现在的状况，建议你每天喝两杯水，补充水分，使得肠蠕动起来。"妈妈一连串说了许多建议。

夏槐此时没有反驳，到厨房将自己喝水的杯子倒了满满的一大杯水。

"目前，还要不要去医院呢？"妈妈追问着。

"嗯，先不去吧，在家观察观察吧！"夏槐喝了一口水，做了一个暂时性的决定。他也没有多说什么，坐在书房里，继续做着他的作业。

妈妈回到厨房，继续操持着家务。

10

几日来，夏槐生活习惯有了改善：喝水也有了一定的规律，饮食上也有了多种的选择，上卫生间不再是迟迟不出来……所以，哼哼唧唧的歌声又在家里响起来了。

"我准备利用假期，购买一些电脑的零部件组装一台电脑，你觉得是否可以呢？"夏槐歪着头看着爸爸。

夏槐出生的那年，爸爸花费了相当于好几个月的工资购买了一台老式台式电脑。因为配置比较低，电脑常常出现蓝屏、死机等一些问题，在求助朋友的同时，他也喜欢敲敲打打地维修。小时候的夏槐就看到过爸爸许多次自己动手维修电脑的情景，内心对爸爸拥有的电脑知识很是钦佩。

"我不是很清楚现在的电脑市场，所以也给不了你一些具体的建议。"爸爸实话实说。

"我已经在网上查阅了许多遍了，还是可行的……"夏槐仍旧是唠唠叨叨地自言自语："一个机箱大约花一两百元钱，一个硬盘花四五百元钱，还有内存条、风扇……"夏槐自己掰着指头计算着。

爸爸笑了笑，没有说什么。

夏槐进了书房，坐在书桌前，自己还在计算着："这样算下来，估计两千元就能拼装一台台式电脑……"

爸爸抚了抚眼镜看了看夏槐，还是没有说什么。

"哦！我还没有算上显示器呢！"夏槐眼睛忽然睁大着说，他也抚了抚鼻梁上的眼镜，"要是再买一个显示器的话，我积攒的钱不够了，你说怎么办呢？"

"我可以资助你呀！"爸爸接上话，"我支持你这样做。"

"好呀！好呀！"夏槐高兴地差点鼓起掌来。

"不过……"爸爸想说什么但又没说出来。

"'不过'什么？"夏槐急于想知道爸爸后面要说什么。

"我支持你是无条件的，只是……只是我希望看到你学习上能取得好的成绩，你看可以吧？"爸爸觉得自己说"无条件"的勉强，语调并不高。

"哦！你用金钱来压制我，那算了吧！还是我自己来想办法吧！"夏槐很是失望，一本正经地说："学习与电脑组装是两码事，你怎么可以用钱来要求我的学习呢！这样是不妥当的。"

"我不是这个意思。我是'希望'，并不是'要求'。我会资助你的……"爸爸明知道这样的解释有些牵强，但除了这样说之外，他自己也不知道该怎么去表达。

"还是算了，我自己想办法吧。"夏槐低下头没有再叽叽喳喳地说自己的宏伟计划。

11

晚上，夏槐仍旧在絮絮叨叨地说着"机箱""硬盘""报价"等等词语。

爸爸没有多言，径直走进了书房，做自己的事情。

妈妈此时正在拿着手机打电话，结束通话，顺手将手机摆在了茶几上。夏槐顺势拿起手机，滑动着屏幕。妈妈立刻制止了夏槐的行为，让他放下手机。

"为什么？"夏槐反问。

"因为你明日还要上课，不要玩手机。"妈妈口气严厉地说。

"我又不是天天玩手机！"夏槐回了一句。

"那也不行，你现在是学生，不适合玩手机。"妈妈极力制止。

"我就要玩，怎么着！"夏槐的声调也高了起来。

"你给我。"妈妈伸出手。

"不给。"夏槐还是拿着手机在滑动着屏幕。

妈妈见要不回来，就强行地去夏槐的手中抢手机。两人就这样一来二去地争执起来。

"啪"的一声，两人都愣了一下。

手机掉在了冰冷的地上。

此时此刻，空气中弥漫着"硝烟"的气息。

妈妈满脸怒容，捡起了手机。她又生气地将手机扔在了地上，只听"啪"的一声，手机的后盖脱落了下来，手机屏幕有了裂痕。

夏槐想都没有想，也捡起了手机，看了看手机，脸上还有笑容。

"拿来！"妈妈很是生气，"就是不允许你玩。"

"我就是要玩！"夏槐拿着手机，装模作样地在已经有裂痕的屏幕上滑来滑去，头还昂得高高的，像一只斗鸡似的。

"摔扁它，看你还玩不玩！"妈妈的怒气更重了。

"我帮你摔吧！"夏槐轻描淡写地说着，手却高高地举起了手机，重重地将手机第二次砸在了地上。

"啪"的又一声，手机散架了。

妈妈愣住了。

夏槐得意地坐到了沙发上，嬉皮笑脸地看着妈妈。

两个人就这么对视着，一言不发。

12

妈妈与夏槐接连几日都没有说话。倒是夏槐想说，但又不知道说些什么好，放学回到家蹭到厨房没话找话自言自语。妈妈只顾自己做自己的事情，没有搭上一句话。

夏槐觉得无趣。

"你拨打的电话已经关机，请稍后再拨。"妈妈的好友婷子一直拨打着，听到的都是同一句话。

"夏槐，你妈的手机怎么总是关机呢？"婷子阿姨在小区的楼下遇到了夏槐。

夏槐脸一红，忙说："我妈的手机坏了。"

"哦，坏了！怎么坏的？"婷子阿姨追问了一句。

夏槐没有说啥，径直走进了楼道。

"怎么办呢？要是说出去，别人肯定会笑话我们的。得想一个法子。"夏槐翻箱倒柜地在几个整理箱里找着东西。不一会儿，他手里多了一个小小的黑色手机。他低着头，不停地在屏幕上滑动着。过了一会儿，他来到厨房。

"今日婷子阿姨问你的手机为什么总是关机呢！"夏槐明知故说。

妈妈仍旧没有搭理他。

"你没有手机，朋友联系起来也不方便。"夏槐边说边看着自己手里的手机，"喏，我找了一个旧的手机，已经给你安装好了几个简单的程序，你凑合着先用吧。"

妈妈转过脸，脸上露出一丝惊讶的神情。

夏槐知道：妈妈内心早已原谅了自己的行为。他的话更欢了："这个手机使用起来比较简单，打电话、发短信都可以的，因为内存比较小，所以看视频不行的。"

"铃声响不响？"妈妈和悦地问。

夏槐听妈妈回应他的话，开心地接话："还可以，我帮你调一调，你选择一个你喜欢的音乐吧！"说着，手指在手机的屏幕上滑动起来，音乐声响起。

两人在厨房里享受着音乐带来的那份快乐。

13

"号外！号外！"吴蔡一头扎进教室，径直坐在了威诗的旁边。

"啥号外？你就喜欢咋咋呼呼的。说到最后，总是啥内容都没有，不要叫吴蔡了，叫歇菜吧！"郐弥拍了拍吴蔡的脑门。

"这次绝对是一个爆炸性的新闻……"吴蔡喘着粗气。

"你这人就喜欢吊别人的胃口。"崔尼生气地拍了拍吴蔡的脑门。

"你们这些人真是急性子！俗话说得好：急性子吃不了热豆腐。"吴蔡摇头晃脑的。

"急你个头吧！真受不了！"扭头听"新闻"的薛怡芭嘟囔了起来。

"哎，别急！"吴蔡忙招呼大伙，神秘地说："夏槐被人欺负了！"

"夏槐？为什么？"这次轮到任月宇说话了："他不是一个爱惹事的人呀？你不会弄错了吧？"

"真的！刚才我也是听别人说的。"吴蔡用坚定的口吻说。

"你呀，就喜欢道听途说。"郜弥不以为然。

"好几个人说了。"吴蔡为了证明所说事情的真实性，强调了起来，"我走过食堂的时候，里面闹嚷嚷的，我问别人里面发生了什么，别人告诉我说夏槐与别的班的一位女生发生了矛盾。我这才跑回来告诉你们的。"

"你进去看了吗？"任月宇走了过来。

"没有！"

"那你怎么肯定是夏槐与别的班的女生发生矛盾呢？"

"大家都这么说。"

"你这个人真是'嘴上无毛——办事不牢'。"任月宇听了有些生气，拉着薛怡芭就往教室外跑去。

"你们去哪里？"崔尼喊着。

"吴蔡说不清，我们自己去食堂看看！"任月宇撂下一句话，转眼就不见了影子。

"我也去！"威诗也追了出去。

"我们仨也不能在这里闲坐着呀！你们说呢？"郜弥提议。

他们仨人也跑出了教室，向食堂的方向奔去。

14

食堂里发生的一幕让任月宇她们很是惊讶：夏槐傻愣愣地站在一排饭桌的旁边，校服上有许多的汤汁。

"怎么了？身上怎么弄成这样了？"任月宇情绪有些激动。

"谁干的？"薛怡芭平时与夏槐有些恩恩怨怨，但看到同班同学有这样的情形发生，内心还是很恼火。

威诗、崔尼和吴蔡是后一脚到了。

夏槐没有说什么，只是在旁边的椅子上坐了下来。

旁边的一个矮个子男生悄悄地说了一句："喏，三班的那个女汉子倒的。"

"哎，算了！走吧。"夏槐跟大伙说。

"不行！不能就这么走了。事情还没有弄明白呢！"文弱的任月宇吼了起来。她见夏槐不说，就找来其他几个班的好朋友问到了大致的情形——

夏槐在食堂打饭，端着饭盘一转身，汤汁随着他的转身，也滑溅了出来。这时，三班的"女汉子"——肖璋打身边走过。

汤汁不偏不倚，正好溅到了她校服的手臂上。

肖璋平时就是一个炮筒子，一点就着。这下，炸了。

她来到夏槐的身边，根本没有理睬夏槐说的"对不起"，端起夏槐手中的饭盘，将饭菜倾倒在夏槐的校服上。然后，将饭盘扔在餐桌上，嘴里口口声声嚷着："你赔！"

夏槐已经说了"对不起"，见这样的情形，他的内心反倒平静了，嘴上仍旧赔着不是。

肖璋的不依不饶也引起了旁边同学的不满，大家都帮夏槐说着话。肖璋更是恼火，跟发了疯似的在食堂里吼了一句"你等着"就走了。

"这不是欺负人嘛？我找她算账去。"任月宇被激怒了，转身就往食堂外走去，被夏槐拉住了。

"你怎么这么软弱呢？"薛怡芭在旁边怒气冲冲地说："你咽得下这口气，我们都不能容忍。"

"对！一定要找她评评理。"人高马大的威诗说。

"我觉得还是算了吧？"夏槐依旧平静，"我已经道过歉了。她让我再道歉，我也做过了，就是不想再生出其他的麻烦。"

"你……"任月宇不知道说什么好，"哎，你……"拉着薛怡芭的手，向教室走去。

进入教室后，夏槐脱下校服，塞进了抽屉。

15

放学铃响起，夏槐将那有汤汁的校服硬生生地塞到书包里，然后走出教室门，准备回家。

"咚！"任月宇撞到了夏槐，她还埋怨起来，"你这人走路真是奇怪，好好地怎么停了？"

夏槐没有说话，只是愣愣地站在那里。

任月宇绕到夏槐跟前，原来教室外的门口围站着几个人，其中一个就是肖璋。

肖璋指着夏槐，吼叫道："就是他！"

夏槐很是平静，没有说什么。倒是任月宇昂着头，怒视着肖璋。

"咋了？咋了？在食堂还没有闹够？"任月宇也不依不饶。

紧跟着，吴蔡、威诗、薛怡芭、崔尼等几个都赶过来了，将肖璋带来的一帮人重新围聚了起来。

肖璋带来的几位同学一看，气势上弱了下来。

一个高个子男生说："听说我们班的肖璋同学被你们班的这个同学欺负了，我们来找他评理的。"口气虽然不强，但手指的力度却很大。

"哎哎哎，不要这么用手指人。"薛怡芭用身体挡住了那个男生的手，"你没有弄清楚事情的真相，不要乱说话，好吗？"

"谁没有弄清楚。"高个子男生口吻也高了八度，"他打饭的时候，故意将汤汁洒到肖璋的身上，这是事实吗？"

"是！"夏槐肯定地回答。

"你看，他自己都承认了，还说什么我没有弄清楚事情的真相。我看，是你在乱说话吧？"高个子男生开始得理不饶人了。

"好！你既然知道事情，那我问你，后面发生了什么呢？"薛怡芭脸涨得通红。

"后面……后面……"高个子男生头转向肖璋。

"你不知道吧？"任月宇冷笑了一声，"让我来告诉你。夏槐跟你们这位同学赔了礼，道了歉，这些都是我们在场的。但她却做了什么呢？你……你自己说！"

高个子男生拉着肖璋到了一旁，叽里呱啦地说了一些话。

这时，宫老师走了过来，身后跟着郜弥。原来，郜弥一看有许多其他班的学生来找夏槐，生怕本班同学吃亏，跑到教师办公室去了。

教室外，天渐渐地暗了。

薛怡芭、任月宇、崔尼、威诗、吴蔡，还有郜弥，一个都没有走，都焦急地等候在教室内。

夏槐走回教室，脸部的表情还是与被宫老师喊走时一样。

"怎么说？"崔尼第一个冲上去问。

"有没有臭骂你一顿？"威诗神色有些紧张。

"肖璋她们几个人在不在？"薛怡芭一把拉过夏槐。

"算了，我们叽叽喳喳，夏槐也不知道怎么回答了，还是让他自己说吧！"任月宇提醒大家安静。

"宫老师喊我过去时，办公室里已经站了一群人。"夏槐坐了下来。

"都有哪些人？"吴蔡紧张地问。

"好像有肖璋的爸妈，还有校长，还有肖璋的班主任。"夏槐平静地说："他们问了肖璋一些问题，问了我一些问题。后来，他们就让我先走，留下了肖璋。剩下的事情我就不知道了。"

"哦！不会听片面之词吧？"任月宇有些担心。

"要是有不公正的，我们去跟校长理论去！"薛怡芭显得有些激动了。

大家都安静下来了。

"你们怎么还没有走呢？"熟悉的声音响了起来，大家抬头一看，宫老师站在教室门口。

"回去吧！夏槐在食堂的事情已经弄明白了，学校也正在处理，相信我，相信学校会处理好这件事的。"宫老师安慰着大家。

关灯，离校。

16

　　"出乎意料！出乎意料！"第二天一大早吴蔡神秘兮兮地凑到了夏槐的身边，脸部像开了一朵花，"据可靠消息：肖璋——那个有些霸道的女生被劝回家了。"

　　"不会吧？"薛怡芭觉得奇怪，"事情虽然闹归闹，也不至于让她回家吧？"

　　"千真万确！不信，你去打听打听，她们班就是咱们隔壁的那个班呀？"吴蔡大拇指歪指着教室外，"我还告诉你，那几个跟她一起来的男生，被他们班主任训得狗血喷头。这是我亲眼见到的。"

　　"哎，本来是小事一桩，没想到发展到这个地步。"夏槐觉得有些不安。

　　"谁叫他们那么嚣张呢？"任月宇插话。

　　"肖璋是被勒令退学？还是暂时回家几天呢？"薛怡芭问吴蔡。

　　"这个我倒没有弄明白……我只知道她回家了。"吴蔡摸了摸头。

　　午间。

　　"夏槐，来一下！"宫老师在教室外招了招手。

夏槐来到走廊，他看到了肖璋。

"夏槐，肖璋同学是来向你道歉的！"宫老师指了指肖璋。

"同学，真是对不起！那天怪我情绪太激动，事后还带了一帮同学来你们班滋事。这件事，我深深地认识到了错误，请求你的原谅。"肖璋说话时始终低着头，额前的刘海遮住了双眼。

夏槐看不清肖璋的表情："没有关系！那天也怪我不好，洒了汤汁在你的校服上。我再次对此表示抱歉。"

"好了，大家都是同学，以后有事还需要多多地体谅对方。小不忍则乱大谋。"宫老师笑嘻嘻地说着。

肖璋低着头走了，夏槐抿着嘴回到了座位。

小伙伴们又聚了过来。

"哎，伙伴们，事情到此为止。她是来道歉。结束了，一切都结束了。"夏槐抱拳对四周的伙伴们表示感谢。

17

时间过得很快，又一年的暑假已经过去一个多月了。

"太阳当空照，花儿对我笑，小鸟说：早早早，你为什么背上小书包……"夏槐走在林荫道上，嘴里哼着念小学时常常唱的小曲，自己笑起来了。

"今日已经立秋，这哪有一点点秋的气息，还是盛夏呀！"

夏日槐花
XIA RI HUAI HUA

夏槐额头上的汗珠直往下流淌。

8月8日，立秋。

夏槐看了手表，呀！快要到八点了。他加快了步伐，前面的路面被早起的太阳照得刺人眼。

一扇不大的铁门，半开着。

一块不大的厂牌，竖挂着。

一位个子不高、神情严肃的中年男子站在厂门口。

"你今天又迟到了！"男子看了看手表，提醒着刚走到厂牌前的夏槐。

"真倒霉！明明算好时间的，怎么又是迟到一分钟呢？"夏槐看了看天，似乎怨报那毒辣的太阳。

进入厂区，走到一间不大的房间，里面已经有三个人坐在小椅子上了，他们的面前摆放着许多的小零部件。

夏槐坐到了一张空椅子上。

六月底，夏槐跟妈妈说，要出去打点零工。

妈妈翻了一下白眼："你是一个中学生，利用假期，多看看书，多补习补习功课。"

夏槐说出了自己的一个梦想：利用打零工挣点钱，买一辆山地自行车。自己上学、放学方便，也省去了爸爸骑电瓶车接送的麻烦。

爸爸听到夏槐的想法后，完全支持，非得要给钱资助夏槐购买山地自行车。

夏槐婉言拒绝了。

妈妈生怕涉世不深的夏槐打零工不安全，帮他找了一位好朋友开的私人工厂：每日工作 6 小时，拼装磁性器件。活，不复杂，就是接线、拼装、测试，简单的手工艺。对于一向喜爱侍弄电子器件的夏槐来说，这样的工作很是合适。

夏槐有一个最大的缺点：爱睡懒觉。早晨需要爸爸喊无数遍，他才慢腾腾地从床上起来，而且还有"起床气"——无缘无故的不高兴，发点小火。

今天，照例上演了这样的剧本。

那位站在厂门口的中年男子，是器件厂的厂长。当初，他听到夏妈说明意图后，满口就答应了，并且保证一定会"照章行事"。

夏槐坐定后，开始拼装那些一个个的小零件。当然，他也不忘与周围的伙伴们谈笑一番。每次抬头，他都会看到中年男子在那间有着透明玻璃的房间内记录着什么。

上午一切顺利，没有出现什么差错。

午间，休息。

夏槐蹲在厂房外的树荫底下，拿着手机在玩弄着，不时叽里咕噜地喊着。这时，手机铃声响起来。

"喂！威诗。"夏槐看出了号码。

"我在打零工呢！哦……什么情况……蓝屏？……那需要更换一个内存条……嗯！嗯！……等我下班后吧！"夏槐一会皱着眉头，一会哼哼哈哈，一会凭空地指手画脚。

"叮叮叮——"厂房内警铃响起，这是下午班的铃声。

"哦，我要上班工作了！嗯……没问题……好的……你放心吧！"夏槐挂了电话，冲到厂房内时，中年男子又站在了门口。

夏槐低着头，什么话都没有说，走进去了。

中年男子又进了那间透明的玻璃房间，拿起笔，又在写着什么。

夏槐看着有些纳闷：怎么每次他遇到我这样、那样的事情后，总要去记录一下呢？

工作除了无聊之外还是无聊。夏槐拿起左手框内的两根大约两厘米长的电线，从右手框内取出一个如火柴盒般大小的四方盒。四方盒的左边有并排着两个接线口，拧开上面的螺帽，将手上的两个电线小心翼翼地裹进去，再拧紧螺帽，然后安放在身前自动运转的履带上，手脚很快地在四方盒的右手边缘上插上一块磁板。假使面前的这个四方盒没有发出"嗞"的一声响，那说明一个工件制作完成；假使四方盒的两边冒出"嗞"的一声响，还带有微微的小白烟，说明在接线处或者插口处出了小问题，这个工件要重新返工。

夏槐在制作的过程中，有"嗞"的一声发生过，但概率很少。

夏槐看看自己的左边，再看看自己的右边，他自己发出"扑哧"笑声。

"哎，今日有什么好笑的事情？"左边一位理着平头的小伙歪着头问夏槐。

夏槐先是看了看那扇玻璃门里的人，那人又低着头用笔画着什么。

"没什么！我只是觉得大家像机器人似的，拿线、装线、插片、验货……"夏槐指了指一排的这几个人，"你看，大家的动作很一致，像自动化流程一般。"

平头小伙左看看，右看看，也不禁地笑了起来："这自动化程度还蛮高的哦！"

"是呀！我们一个个都成了机器了。"夏槐的屁股似乎是坐麻了，他站起身，扭了扭，突然又快速坐了下来。

原来，玻璃门内的人站起身来，拉开门，走了出来。

"亏我的行动比较迅捷，否则又要被说一通了。"夏槐额头出了点小汗珠，心里暗暗地得意了一次。

18

一个月的时间，夏槐在这样枯燥乏味、带有半自动化程序中忍受了过来。

那棵熟悉的槐花树一如既往地站立在老地方，没有挪动过一丝一毫，身上的叶子多了些，树干上的老皮多了些。

夏槐静静地坐在树底下。不一会儿，夏槐 T 恤渗出了汗水，如同画了一幅山水画。

"喂，夏槐！"这声音再熟悉不过了，那是威诗。

"我等你半天了，你去哪里了？"夏槐站了起来。

威诗来到槐花树底下，那木椅子虽然老旧，但散着满满的夏日的"热情"。

"我去香香源结账的。"威诗扶了扶鼻梁上的眼镜。

"香香源给了你多少钱？"夏槐眼睛闪了光亮。

"我都被那个老板气死了！哎——"威诗叹了一口气，"我做了将近一个月的时间，居然只给了五百多块钱。"

"这也太少了吧？"夏槐声音有些高，"他说什么理由了吗？"

"他说，我年龄不够，说要用就是童工。老板说用我洗盘子的时候还小心谨慎的，生怕被工商局的人逮到。"威诗充满了怨气。

"他这样说与工资有什么关系呢？"夏槐追问。

"他说我干活不多，还打破几个盘子，七算八算，每天二十元都不到。"威诗无奈地说。

"算了。好在每日你干的时间也不长，就是中午两小时，晚上两小时。"夏槐安慰起威诗。

"不说我了，你呢？怎么样？"威诗面对夏槐，笑嘻嘻地问："肯定比我多。"

"是的！我比你多一点！我有八百多一点点。"夏槐很是开心，"老板也是跟我算得很清楚，拿着一个记录本，指给我看的，上班迟到几次，上班时间玩手机几次和打电话几次，做的废件几个，拉拉杂杂地给我算了一通，最终得了八百多一点。"

"你比我好多了。"威诗羡慕极了，"我的那个老板根本不给我算，就这么糊里糊涂地给了点钱。"

"是呀！我们都没有跟他们签合同，多少钱还是他们说了算。"夏槐若有所悟，"不过，这次我明白了爸妈早晨为什么总是那么匆忙，原来迟到是要扣钱的。做事的时候也不能马虎，否则……"

"不说这些了，你工资比我高，请我吃冷饮哦！"威诗提议。

"那当然！走吧！"夏槐站起身。

两人走出槐花树的阴凉地，地面上那蒸腾起来的热浪裹挟着他俩。

19

"夏槐，老师喊你。"威诗在走廊上嚷着。

能有什么事情呢？好事？还是坏事？夏槐边想边走出教室。

"宫老师很严肃地对我说的哦！"威诗提醒着。

"你知道是什么事情吗？"夏槐心里有些忐忑。

"我哪知道？我又不是他肚子里的蛔虫。"威诗睁大眼睛，夸张地咧了咧嘴巴，"不过，你也不要多想，是祸躲不过。去吧，要不然你去迟了，宫老师还真会生气呢！"

夏槐点头，加快了脚步。

"报告！"夏槐来到了宫老师的办公室门口。

"进来吧，坐！"宫老师笑嘻嘻地招呼着。

夏槐还不适应宫老师这样和蔼的态度，坐在凳子上也是畏畏缩缩的，两只手不知道该放在哪里。

"学校近期要举行歌咏比赛……"宫老师直接切入主题，边说边在抽屉里翻着什么东西。

歌咏比赛？这跟我有什么关系？夏槐心里犯起了嘀咕。

"每个班要派几位代表去参赛。我与任月宇几个班委商量过，大家也推了几个人，其中就有你一个。"宫老师翻出了几张纸，摊在桌子上。

　　"老师，我哪会唱歌？上音乐课，我常常都会打瞌睡。"夏槐为了说明自己没有唱歌的天赋，连音乐课上不好的表现一股脑儿地说了出来。

　　"上音乐课，你打瞌睡？我怎么没有听说过呢？音乐老师没说，班委们也没有说过呀？既然几个班委推荐你参加，肯定有他们的理由。这样——"宫老师将几张纸翻转过来，指了指空白的表格，继续说："这里需要填写一些个人信息，你拿回班上去，认真地填一下，下午给我。"

　　"老师，我真的不会唱歌！"夏槐有些急了。

　　"你不要谦虚了，事情就这么定了。"宫老师站起身，夏槐也无奈地站起身，"去吧，我等你的表格。"

　　夏槐拿着表格，很不情愿地往教室走。

　　"夏槐，看来，你又挨宫老师的训了吧？"威诗跑过来安慰着。

　　"哪跟哪呀。"夏槐将几张纸递给威诗。

　　"好事呀！"威诗嚷了起来。

　　"好什么好？"夏槐有些不高兴，径直走回了自己的座位。

　　威诗追了过来："这不是好事，是什么？你瞧瞧——"威诗指了指表格，"歌手大赛参赛表，宫老师怎么不让我去参加呢？说明我没有这个天赋，但你有！"

　　"谁说我有了？"夏槐还是有些郁闷。

"我说的呀！"威诗拍了拍胸脯。

"好呀！我们还是好朋友，没想到你——你——哎——"夏槐不知道下面该说什么，说话都结巴了，眼睛瞪着威诗。

"唉，你这是怎么？"威诗有些莫名其妙，"我说你有这个天赋，哪里错了？"

"是不是你跟宫老师说的，让我去参加？"夏槐直言问道。

威诗笑了："你以为是我跟宫老师说的？我哪知道你会唱歌。"威诗漫不经心地看着参赛表，继而拍了拍夏槐的肩膀，"唉，我说，你真的会唱歌？"

"我……"夏槐刚要说，见任月宇走进教室就止住了话语。

"威诗，你手里拿的是什么呀？复习资料？"任月宇随口问了一句。

"好东西，想看吗？"威诗扬了扬手中的参赛表。

"不想看。"任月宇对此并不感兴趣，反倒让威诗碰了一鼻子灰。

"真不想看，这东西可好了。"威诗鼻子向上一扭，夸张的表情露了出来。

"拿来，我看看究竟是啥玩意儿。"

参赛表被不知从哪里来的一只手抽走了。威诗扭头一看，薛怡芭正仔细地看着参赛表，脸上洋溢着兴奋。

"这是谁给你的？"薛怡芭笑着问威诗。

威诗的头昂得高高的，并不理睬薛怡芭。

"给我吧！我想参赛呢！"薛怡芭巴结起了威诗。

"你会唱歌？"威诗有些怀疑，因为从没有听薛怡芭唱过。

"当然会，我号称'小白灵'呢！不相信？我唱一首给你听听！"薛怡芭有些急不可耐了，张开嘴就演唱起来——

　　年轻的朋友们，今天来相会，

　　荡起小船儿，暖风轻轻吹。

　　花儿香，鸟儿鸣，春光惹人醉，

　　欢歌笑语绕着彩云飞。

　　啊，亲爱的朋友们……

"打住！"任月宇一声吼，吓得薛怡芭闭起了嘴巴。

"实话告诉你们吧！你们都没有夏槐唱歌唱得好。所以，你们都没有机会代表班级去参赛的。"任月宇笑嘻嘻地说。

"我的歌声不是挺好听的吗？谁说我不能作为代表呢？"薛怡芭有些不服气。

"你刚才唱的调子都有些走样了，还算好，没有五音不全。"坐在一旁的郜弥插了一句。

薛怡芭气得朝郜弥瞪眼睛。

"让夏槐代表我们班去参赛，是我跟宫老师提议的。"任月宇说出了让夏槐感到吃惊的话语。

20

放学了，教室内只剩下夏槐和任月宇。

"你怎么向宫老师推荐我去唱歌呢？"夏槐拎起书包，站起身。

"你还在想着那件事？"任月宇有些不解。

"怎么不想？宫老师给了表格，我一头雾水——我何时有唱歌的天赋？"夏槐与任月宇一道走在下楼的台阶上。

"你有呀！只是你没有留意罢了。"任月宇笑了笑。

"真是奇了怪了，我自己有什么专长都不知道？"夏槐更是不解。

"这就叫'不识庐山真面目，只缘身在此山中'啊！"任月宇哈哈大笑起来。

"那你能不能告诉我真相呢？"夏槐一脸茫然。

"保密！"任月宇用手指轻压了一下嘴唇。两人已经来到了楼底下，任月宇向夏槐挥了挥手，"Bye-Bye！"

看着任月宇远去的背影，夏槐内心涌起一股莫名的情愫。夕阳西下，夏槐从车棚内推出自行车，迎着微风，骑行在回家的路上，嘴里还不时地哼唱着迈克尔·杰克逊的歌曲：

She was more like a beauty queen from a movie scene

I said don't mind

but what do you mean I am the one

Who will dance on the floor in the round

…………

"还说不会唱歌？！"一声断喝，吓了夏槐一跳，扭头一看，是威诗。

"我哪会唱歌，只是乱哼哼罢了！"夏槐尴尬地笑了笑。

"其实你的歌声还真是很好听的。任月宇说了，班级中就算你的音色最好，派你去参加唱歌比赛一定会获奖。"威诗骑车的速度很快。

"任月宇真是这样说的？"夏槐有些不相信。

"不信？你可以去问问呗。"威诗指了指身后相反的方向，那是去任月宇家的方向。

"我刚才问了她，可是她就是不肯告诉我是什么时候发现我会唱歌的？"夏槐的语气有些低沉，稍显失落。

"'不识庐山真面目，只缘身在此山中'罢了。"威诗摇头吟诵了一句。

"哎——哎——你怎么也说这话了？"夏槐用手指着威诗。

夏日槐花
XIA RI HUAI HUA

"我刚好上厕所,下楼梯的时候,听到你们俩说话了。"威诗头晃动着,显得神气十足,"我只是借用罢了。"

"……"夏槐想说点什么,却不知道该说什么。

"任月宇告诉我真相了——"威诗故意拖长了语调。

"嗞——"夏槐止住了自行车,将车停放在路边,"那你告诉我,她是何时发现我有唱歌的天赋的。说真的,连我自己都不清楚自己有这个能耐。"

"有一天午休,你一个人在教室里做作业,边玩边思考,嘴里还在哼哼唱唱的,好像说是什么迈克什么人的歌,这是她说的哦!"威诗也将自行车停放在了路边,两人坐在了马路牙子上。

"迈克尔·杰克逊!美国著名的歌唱家,是我最喜欢的一位歌星。"夏槐轻描淡写地介绍着。

"你看!你看!你还说不会唱歌,说起歌星来一套一套的。"威诗夸张的表情又出现了。

"我也只是喜欢,哪会唱呀?"夏槐紧跟一句。

"这就是你的不对了!"威诗站起身来,拍了拍裤子上的灰尘,"我们呀,有时真的连自己有什么爱好,有什么兴趣,有什么专长都不知道哦。真是'当局者迷,旁观者清'呀!"他骑上自行车,"走吧,你有这个专长,就好好展示吧!"

威诗骑车拐弯,向另一条马路驶去。

夏槐骑上车,重新上路。一路上,留下了他轻哼的歌曲:

She was more like a beauty queen from a movie scene

I said don't mind

but what do you mean I am the one

Who will dance on the floor in the round

…………

21

"哎——"夏槐叹着气。

"怎么了？"妈妈听儿子叹气，心里发了疑问。

"没事！"夏槐轻轻地说，接着又叹了一口气。

"你看，你看，还说没事？"妈妈有些着急，指着夏槐。

"真的没事。"夏槐手扶着妈妈的肩膀，将她推出了房间。

他坐在窗前的椅子上，看着窗外发呆。

窗子外面，下着小雨。毛毛秋雨，细细的，斜斜地打在窗玻璃上。

"哎——"夏槐又叹了一口气。这次，他只是小声地长吁一口气，因为他并不想让妈妈听到。

妈妈做完很多事：拖地、抹桌子、整理衣物……她瞄了瞄房间，见夏槐还坐在椅子上，动也没动，心想：这孩子今天是

夏日槐花
XIA RI HUAI HUA

怎么了？是不是有什么心事呢？

妈妈站起身，走进房间："孩子，你有什么事吗？"

"没事！"

"那怎么一直坐在这里呢？"

"哦，我就是想静一静！"

"不会吧？这不是你的风格哦！"

"我平时怎么了？"

"平时总是风风火火的，叽叽喳喳说个不停的，今天却这么安静，我觉得你肯定有事哦！"妈妈很严肃地说。

夏槐开始是看着窗外，听得这番话后，他转过身来，欲言又止。

"没事，有什么事，你说吧！"妈妈为了打消夏槐的顾虑。

"假如你遇到不喜欢做的事情，愿意做吗？"夏槐问。

"不太愿意。"妈妈接话很快。

"假如别人硬要你做呢？"夏槐追问。

"那要看这事重不重要。"妈妈依旧接话很快。

"要是这事很重要呢？"

"那就试着做一做。"

"如果这事，你不但不喜欢，而且还觉得做起来有些困难，那该怎么办呢？"夏槐不断地试探。

"哦。这种情况呀！那真的是要好好考虑考虑。"妈妈不能轻易地下结论，想了想。她看着夏槐，转了话题，"这件事是不是跟你们班有关呢？"

夏槐没有否定也没有肯定，进了房间，随手关上了房门。

"夏槐，你怎么将自己关在屋子里呢？"妈妈敲着房门问。

"吱嘎"一声，房门开了。夏槐头上戴着耳机，手里拿着一个小型的播放机。他对妈妈说："我正在练歌呢！"

"练歌？"

"就是刚才我跟你说的：班级推举我参加学校的歌唱比赛……"夏槐脸上露出了笑容。

妈妈很开心夏槐能够做出参赛的决定，因为在她看来，这也是一种"学习"，并且还是一种"见世面"的机会。

妈妈轻轻地掩上门。

不一会儿，房间内传出了夏槐哼唱歌曲的声音。

坐在饭桌前的爸爸对妈妈说："你听出来了那是什么歌曲吗？"

妈妈摇了摇头。

"你仔细听听，这首歌是我们做学生时也喜欢听、唱的。"

妈妈侧着耳朵细细地辨听着——

池塘边的榕树上

知了在声声叫着夏天

夏日槐花
XIA RI HUAI HUA

操场边的秋千上

只有蝴蝶停在上面

黑板上老师的粉笔

还在拼命叽叽喳喳写个不停

等待着下课

等待着放学

等待游戏的童年

…………

　　妈妈边听边轻缓地摇晃着身子，脸上充满了笑意。爸爸笑眯眯地扶了扶眼镜，说："他唱歌的感觉还真有点像当年年少的我！"说完，又埋下头看起了报纸，嘴里也哼唱着——

阳光下蜻蜓飞过来

一片一片绿油油的稻田

水彩蜡笔和万花筒

画不出天边那一道彩虹

什么时候才能像高年级

的同学有张成熟与长大的脸

盼望着假期

盼望着明天

盼望长大的童年

…………

窗台上不知何时飞来了一只小麻雀，探着头看着屋内，随即发出"叽叽喳喳"的声响，似乎在伴唱着。

22

"妈妈，你还记得下雨天，我跟你说的话吗？"

"怎么不记得？那天你说：班级推举你参加学校的歌唱比赛……"妈妈一字一句地说着。

"是呀！是呀！"夏槐有些吃惊，他没有想到妈妈还清楚地记得自己说过的话语，内心一阵激动。

"生活中没有过不去的坎，人生没有解决不了的困难。"妈妈看着已经坐到身边的夏槐，轻轻地说。

夏槐端着水杯，抿了一口，说："这件事，说起来简单，做起来不是很容易。"

妈妈没有打断夏槐的话语，继续等待着。

"我本来不想参加，只是任月宇鼓励我参加的。"

"任月宇——哦，那个常常梳着个马尾辫的小姑娘，是吗？"妈妈想起来了。

夏日槐花

夏槐点了点头。

"不过，这不重要，我很想听听你自己的想法。"妈妈正对着夏槐，一本正经。

"我什么想法？"

"是的！这件事，你自己是怎么想的。"妈妈很郑重地说："也就是说，对于歌咏比赛，你自己是否愿意参加？你自己是否做好了准备？等等一系列的事情。"

夏槐低下头，暂时没有做出回答。

也就是那么十几秒的时间，空气似乎都停歇了，妈妈愣愣地等着夏槐的回答。

"我非常希望能够参加，也做了许多准备。"夏槐一脸严肃的样子，他恢复了往常那叽叽喳喳的样，与妈妈说着平时自己戴耳机听歌，反复练唱的事情。

"做好准备了，还有什么顾虑的呢？"

"因为这次是海选，不是给名额，我生怕自己过不了关，刷下来，被别人笑话。"夏槐声音有些低。

"你们班有其他人参加吗？"

"没有！"

"这说明你有能力呀？"

夏槐抬起头，眼睛睁得大大的，看着妈妈。

"你想，为什么不派别人去？因为别人没有这个能力。即使有，他们自己没有提出来，也是怯场。而你却不一样，你一直在做着准备。我相信，机会是给有准备的人的。"

"你支持我参加比赛？"夏槐看着妈妈，见妈妈点头，他又说出了另外的顾虑，"其实，这一段时间，我们的学习还是比较紧张的，又到了月考的阶段。英语、语文老师不赞成我去参赛，宫老师开始是他让我去的，可是最近好像变卦了……"

"原因是什么呢？"

"他说我最近英语、语文学得不够扎实，有退步的现象。"夏槐一五一十地说。

"他的担心是正常的。如果你因为参加比赛而耽误了学习，他觉得这是'主次不分''本末倒置'。假如你能处理好这两者之间的关系，我还是支持你参加的。"妈妈拍了拍夏槐的肩膀。

夏槐"嗯"了一声，表示同意妈妈的意见，内心也暗暗地下定决心：绝不耽误功课。

"能否帮我制作一张小卡片？"夏槐从口袋里掏出一张纸条递给复印社的工作人员。

那人拿在手里，看了看，说："可以！"夏槐问了价格之后，双方成交，便开始制作了，时间不长，做好了一版四份的不干胶贴纸，上面的内容用不同的色彩上下分成了四个部分：

时不我待　抓紧时间　最后冲刺阶段

不抄作业　不谈杂事　上课认真听讲

为了理想　为了目标　为了考上 × 大

总分提高 20 分　数学仔细计算

看清题目　语文字写端正

英语细心阅读　坚持做 38 套

目标				
语文	数学	英语	附加	总
110	120	90	30	350

切忌：骄傲浮躁　保持良好心态

　　他将四张不干胶分别张贴在卧室的白板和床头，另外两张一张张贴在课桌的右上角，一张张贴在自己的储物柜里。这样一来，时时刻刻都能看得到，时时刻刻都能提醒自己。他相信努力了，就会有收获，如同参加歌唱比赛一样，努力了，最后获得了二等奖的好成绩。

第三章　有些疲倦

1

"你就是一个胖子！"薛怡芭又跟夏槐较上了劲。

"谁说的？"夏槐很是生气。

"我说的。"薛怡芭神气活现地叉着腰。

"你自己肥，还说我胖？"夏槐以其人之道还治其人之身。

"你……你……你再说一次！"薛怡芭气鼓鼓地站在夏槐身边。

即将发生一场"战争"。

"喂，你们两个在干吗呢？"任月宇走了过来，拉扯着薛怡芭问。

"他……他说我肥。"薛怡芭气得说话都结巴了。

"说清楚了！说清楚了！谁说谁呢？"夏槐听得薛怡芭的话也生气了，找来威诗，"告诉任月宇，是我说薛怡芭的？还是薛怡芭说我的？"

"这……我要说清楚：薛怡芭开始说夏槐胖，然后夏槐说薛怡芭肥。"威诗两手指来指去。

"这就是你的不对了！"任月宇轻轻地对薛怡芭说："近期，夏槐在减肥，你说他胖，他肯定对你不满的。"

"我说的是实话。"薛怡芭有些委屈。

"好了！好了！各打五十大板！"任月宇挥了挥手，"散了！"

任月宇招呼夏槐，到了走廊上，说："你近期怎么总是说减肥减肥的？"

夏槐开始不愿意说什么，在任月宇的一再追问下，他说了实情：班级一直在流行"世界卫生组织体重计算法"。私下里，夏槐按照"世界卫生组织体重计算方法"测试了一下自己，超重，内心一直有一个心事了。

"世界卫生组织体重计算法？我怎么不知道？"任月宇有些疑惑。

"你的心思都放在学习上，我是偶尔放一点点在体重上了。"夏槐脸颊红了。

"测试公式是什么呢？"任月宇也关心起来。

"我只知道男生的方法，好像是身高减 80，然后再乘以 70%。"夏槐想了想，报出了这一公式，并且说了自己的测算结果，"我是 175 — 80，得出 95，再乘以 70%，最终是 66.5。这是公斤哦！我超出了，所以才要减肥的。"

"哈哈！"任月宇抿着嘴笑了起来，"你也太在意了吧？"

夏槐的脸更红了。

"其实，这只是一个测试的方法，也算是一个游戏吧！算算玩玩可以，不能当真。心思放在这个上面，真的会生成许多许多无谓的烦恼。我劝你不要对自己的体重太过较真。"任月宇笑开了怀。

夏槐点点头。

"再说了，我们现在功课还是比较紧张的，消耗也大，没有一个健壮的体格也是不行的哦。只要注意饮食的卫生，荤素搭配，自然生长就可以。"任月宇安慰着。

阳光照在夏槐的身上，校园内散发着芳香，沁人心脾。

2

薛怡芭怒气冲冲地站立着。

"你是怎么回事？动不动就生气骂人？"威诗指着薛怡芭

夏日槐花
XIA RI HUAI HUA

责问。

"最近薛怡芭似乎有不对头的架势。"夏槐看着两人吵架，对任月宇说。

"我觉得也是。她近期的情绪突然变得奇奇怪怪，不知道究竟为了什么。"任月宇抬头看了看薛怡芭，很是担心地说。

"再这样下去，我觉得非得闹出事情出来不可。"夏槐忧心忡忡。

薛怡芭的脸涨得通红，由于情绪激动，脸部肌肉也微微地颤抖，看任何人的眼神都是充满了敌意。她一屁股坐在自己的座位上，跟谁也不说话，趴在桌子上，埋着头，一声不响，很长时间都没有抬起头。

过了许久，任月宇坐在薛怡芭的身边，轻轻地拍了拍她的肩膀。

"滚！别烦我！"薛怡芭一声吼叫。

"是我！"任月宇轻轻地说了一声。

"哦，对不起！我不是烦你哦！"薛怡芭抬起头，看着任月宇。

"近期有什么不开心的事情？"任月宇试探地问。

薛怡芭没有回答，嘴巴抿得紧紧的。

"说出来，说不定我可以帮你解决解决呢！"

"不可能的！你解决不了的，我也解决不了。"

"那你说出来，心里岂不是舒服一些？"

薛怡芭欲言又止。

两人长时间地保持了沉默。

任月宇知道，在这样的情况下，薛怡芭无论如何也不会说出她内心的纠结的，只有等适当的时机再慢慢地了解。

接下来的几天时间里，薛怡芭完全变成了另外一副模样：走路总是一个人，去食堂打饭也是一个人，上课时常发呆，沉默少语，更别说与大家在一起说说笑笑了。她是大家心目中的"学霸"，结果现在不但周练在班级中开始处于弱势，连月考成绩也往下滑。

任月宇有一种预感：薛怡芭一定出了大问题，而且是她无法解决的大事。任月宇很是着急，于是向宫老师求助，希望他能帮助了解薛怡芭究竟出了什么问题。

又是一个午间阅读，教室内鸦雀无声。

宫老师来到教室，悄悄地招呼薛怡芭到办公室一趟。

上课的铃声响了，薛怡芭才从教师办公室回到了教室。任月宇看到薛怡芭眼角有哭泣过的痕迹，她没有过多地询问。

第二天，薛怡芭没有来上课。

任月宇拉着夏槐来到走廊："你看出什么问题吗？"

"没有！我只是觉得她有些不对劲。以前活泼的样子荡然无存，剩下的似乎就是伤心和难过。"夏槐看着教学楼前的那株槐

夏日槐花
XIA RI HUAI HUA

花树说道。

"我也是这样的感觉，可……再这样下去……"任月宇不敢往下说，转移了话题，"我最近眼睛一直跳个不停。"

"左眼跳？还是右眼跳？"夏槐打趣地问。

"说真的，没有心思跟你开玩笑。"任月宇有些生气，"自从薛怡芭出现了反常现象后，我就一直担心，从旁敲击地问了好几次，她都没有说出啥原因。"

"对了，你不是求助过宫老师吗？他怎么说？"夏槐提醒。

"他跟薛怡芭做过一次交流……"任月宇看了看教师办公室，"他肯定已经知道了事情的缘由了，但一直没有告诉我们，估计也是薛怡芭跟他有一个约定吧。"

"究竟是什么原因呢？"夏槐又看了看那株在阳光照耀下的槐花树，转身对任月宇提议，"今天不是早放学吗？四点一刻，我们几个一起去薛怡芭家看看啊，顺便了解一下到底发生了什么事情。你觉得呢？"

"可以！"

他俩分别联络了郜弥、吴蔡、崔尼和威诗，放学后去薛怡芭家一探究竟。任月宇联络了薛怡芭，表示要去看她。薛怡芭开始拒绝，说自己没有什么事情，过几天就会回校。任月宇也说明了伙伴的意见，一再请求后，薛怡芭勉强地同意了。

放学之后，几位伙伴一起结伴来到了薛怡芭家的小区。此时，夏槐看到了远处坐在石凳上的薛怡芭，惊呼起来。

大家一拥而去。

等到了眼前，大家这才发现，两日没有见，薛怡芭脸色苍白，显得很是疲倦。

任月宇首先发问："怎么了？"

薛怡芭没有回话，仅是看了看大家，一再表示感谢。

"你不请我们去你家坐坐？"夏槐提出建议。

薛怡芭看了看，眉头皱了一下。细微的神情被任月宇看在眼里，她轻轻地问："方便吗？"

薛怡芭没有说啥，站起身，拉着任月宇的手，向家走去，大伙一起跟在身后。

进入楼道口，来到薛怡芭家门口，就听到屋内有争吵声。薛怡芭脸色又变了，她猛地开了门，冲进去吼了起来："吵什么吵！你们俩有完没完？"

屋内的两位大人看着薛怡芭带着一帮人进入家门，先是愣了一下，继而不再争吵，各自回了房间，关上门。

"你父母怎么了？"任月宇关切地问。

"他们一直在闹离婚。这几日争吵得更凶了，涉及我归谁的问题。"薛怡芭的眼泪流了下来。

大伙也不知怎么劝，只是无奈地站在一旁。

薛怡芭抬起头，抹了抹眼泪："我谁也不跟，爷爷奶奶已经跟我说了，让我搬过去跟他们住，我同意了。只是，他们的年龄那么大……"

任月宇拉着薛怡芭的手默默无语，静静地听着薛怡芭的哭诉。

3

时光就这样静悄悄地流淌着。

"二模"已经测试过，今日是成绩出来的日子，大家都感到无形的压力。

每次的考试都是由两人占据第一和第二：任月宇、薛怡芭。夏槐每次都会跟他们打趣："如果没有你们参加考试，我还是有希望能荣登第一的宝座，有你们两个人，我始终没有机会上位。"

每当夏槐说这话时，任月宇也总是回敬一句："堂堂七尺男儿，怎么总是那么磨磨唧唧的呢？俗话说，男儿有志不在年高，你怎么总是在我们女子面前示弱呢？"

夏槐也总是被任月宇的这番话激得无法回复，但，他的内心着实想超越任月宇和薛怡芭，这也是他一直的愿望。所以，他总是观察着薛怡芭是如何提高自己英语成绩的。经过多次细心的观察，他看到了：薛怡芭从学期开始，口袋里总是揣着一本口袋书。薛怡芭也给他看过，那是一本英语四六级考试用的词汇口袋书。

"英语四六级你都看？那不是到了大学里再学的内容吗？"夏槐有些惊讶。

"现在学好了，有了丰富的词汇，以后到了大学就不费劲了呗！"薛怡芭扬了扬手中的那本小书。

"可，现在背这些有用吗？"

"怎么没有用？你不觉得我们的英语考试就是考谁的词汇量大吗？"

"也是！我对阅读题总看不懂，可能跟我的词汇量少有关。"夏槐一拍脑袋。

"这是肯定的！"

"哦，明白了，你的英语好，就是背这些的，对吧！"夏槐猛然想通了。

薛怡芭笑了笑，点头表示认可。

在后面的日子里，夏槐也开始了词汇量的学习，只是在背诵的过程中，他所花费的时间跟薛怡芭比少了许多，所以进步不是很明显。夏妈征得夏槐同意，找到一位退休多年、具有丰富经验的英语老师辅导——他是一位戴着眼镜、和善、谈吐间都是充满睿智的戾务老师。

"你有着扎实的基础，只是方法上还有待提高。照目前你的学习状态，英语成绩提高二十分不是问题。"宸老师跟夏槐的第一次谈话之后就做出了判断。

这样的话对夏槐来说，就是一剂强心剂。

这次"二模"，夏槐的英语分数远远超出班级均分二十分，但离宸老师所提的要求还有一截，也就是他常说的"上升的空间还很大呀"。

薛怡芭由于家庭原因没有考过夏槐，任月宇"马失前蹄"也没有考过夏槐。这两位夏槐心目中不可撼动的人物，在"二模"公布成绩时，被"拉下了马"：夏槐荣登班级第一名。

这样的成绩让宫老师感到很是快乐。

"夏槐，你这次的考试不错，不能骄傲哦！仍然有不足：数学，没有考出自己理想的分数，还有二十分的上升空间，特别是最后的三题，你连摸都没摸，这是不应该的。在保证基础不丢分的情况下，最后的三题还是要去尝试的，最起码你有两题能得分。语文，你考出了正常的分数……"宫老师生怕夏槐骄傲，话语中也是"四六对半"地做着分析。

"我怎么能不骄傲呢？"夏槐内心做出这样的回答："好不容易呀！第一、第二名都是实力派的，这次被我超越，我是使出了'洪荒之力'呀！"

4

"静！""平！"

夏槐在自己卧室的白板上写下这两个字，然后站在床头眯着眼睛看了看，点了点头，很是满意。

妈妈说"不要骄傲，要继续努力，你还有几十分的努力空间"时，他也回了一句："我怎能不骄傲？我拼过了两位学霸呀！"

妈妈笑了。细想一下，也是。超过任月宇和薛怡芭那是极其不容易的事情，但，夏槐自己心里有数得很——这已经是过去了，不代表自己最终高考的时候就是如此的分数和名次，需要自己好好"静心"。

到校后，威诗就跑来祝贺："夏槐，祝贺你！考了班级第一。"

"谢谢！可惜，年级的排名还不是很靠前。而且，这次也仅是一次模拟，并非是全省的正式考试。"

"但你已经有了进步呀！值得庆贺！"

夏槐看着威诗，内心也充满了无穷的力量。

楼下的那棵树的枝丫一直伸长到齐平窗台。枝丫上有一个鸟巢，鸟儿的一家每日清晨都会"叽叽喳喳"地叫唤个不停。

夏日槐花
XIA RI HUAI HUA

夏槐由于靠窗的位置，他自己也会不由自主地盯着那几只欢腾的雏鸟儿看个半天，往往此时，宫老师都会出现在自己的身边。

夏槐不由地暗暗佩服宫老师的本领——怎么每次都知道自己会开小差呢？夏槐自然也会像做了错事一样地集中注意力，认真地看起书来。

阳光洒满全身时，夏槐都会懒懒地闭上眼睛，舒服地摇头晃脑。而此时，他也会看到宫老师从走廊边走过，用眼睛斜斜地看着自己，示意要认真听课。

好多次夏槐由于走神被宫老师逮个正着，也被宫老师惩罚站在教室外、拎到教室后面，或者干脆罚到教师办公室，同时说着"你是我看中的五位优秀的人员之一""不能这样的马虎，掉以轻心"这样的话语。夏槐听后，内心莫名地涌起一股热流，浑身振奋。

"不能好了一次，就开始翘尾巴！这样，心就不会静。心不静，自然就会退步，就会落后，就会学不到真的知识，也自然没有好的名次出现……"宫老师一连串珠炮似的话语常常萦绕在夏槐的耳际。

"安静！心平气和！"夏槐两手对着威诗做着深呼吸的状态，"一次不能代表什么，革命尚未成功，同志仍需努力！"

威诗笑了。

夏槐也笑了。

5

"二模"余音缭绕，每位同学都在总结着本次考试的得与失，夏槐也不例外。拿到分数之后的两三天里，他自己兴奋了一阵。随着时间的推移，他开始思考自己的薄弱环节。

今天又是去扆老师那里的日子。

扆老师笑盈盈地站在自家门口等了。

夏槐进入房间，看到另外一位叫高峜的女生已经坐在桌子旁了。高峜看到夏槐走进房间，眼神显得慌乱地闪了一下，夏槐笑了笑，时间追溯到半年前的第一次见面。

"扆老师，让您费心了！"夏妈第一次带夏槐来到扆老师面前恭恭敬敬地行着礼。

"客气了！我愿意为孩子们做点力所能及的事。"扆老师为人友善。

这时，屋外又来了一对父女。扆老师介绍："她叫高峜，也是来辅导英语的，是省中文科班的，学习成绩不错哦！"

扆老师转头又介绍夏槐："这是夏槐，他虽然是普通班的，成绩还不错，学习也很刻苦。"

高峜的父亲从眼镜后面露出一丝丝的轻视，鼻子"哼"了一声当作回应。

夏日槐花
XIA RI HUAI HUA

夏槐的内心感到很是不舒服。

夏槐总能按时到达，而高岙不知何故，每次都是迟到，每次都是拖延时间。夏槐的内心也时常感到疑虑：这是好不容易得到的辅导机会，她怎么每次都是犹犹豫豫的呢？

一天晚上，三人之间有了一次对话。

"夏槐，这次你的月考如何？"宸老师发话。

"69分。"

"那，这个分数在班上的名次是什么样的呢？"宸老师继续问。

"前几吧。"夏槐一五一十地回答。

"这个分数在我们学校算是靠后的。"高岙冷不丁地插了一句。

这个高岙，真是有些高傲，一点情面都不给人。

夏槐忍不住也问了一句："你这次的月考如何？"

"还算可以吧。"高岙回答。

"多少分？"夏槐追问。

"……"没有回答具体的分数。

宸老师看了看满脸怒容的夏槐，又看了看始终不回答自己分数的高岙，笑了笑，说："好了！我们不说这个了，继续来学习本次的内容……"

至此，夏槐对高岙充满了防备，不再与之搭话。

今天是"二模"结束的第四天。

"本次二模的英语试卷难度还是有的，题型上也是较为灵活的，想得高分是不容易的，需要的是扎实的基础。你们两个这次不知考得如何？汇报汇报吧！"宸英语老师开始了询问。

"……"高旮低着头，没有说话。

"你们省中一定考得很好，说说看吧。"宸老师满脸笑容。

夏槐竖起耳朵，生怕漏掉任何一个字。

高旮还是没有说话。老师有些尴尬，指了指夏槐："你先说吧。"

"78分。"夏槐有些腼腆。

宸老师点了点头，并问这个分数在班级中的排名，夏槐说是第一。

"不错的分数。"宸老师夸奖起夏槐。虽然高旮一直没有说出自己的分数，结束的时候，夏槐还是了解到了她的分数：六十多分。

6

晚自习。

夏日槐花
XIA RI HUAI HUA

值班轮到了 Emma 老师——夏槐的英语老师。

静静的教室内一丝杂音也没有，每个人的轻微呼吸声也听得到。夏槐埋头做着英语试卷，偶尔犯难的时候，会东张西望，似乎题目的答案在教室里飞舞，他一伸手就可以抓住。

夏槐的眼神从教室屋顶的后面绕呀绕到了前面的黑板上方，看了看那已经稍显老旧的投影孤独地悬挂在半空，内心突然可怜起它来了。他的眼神继续往下延伸，突然怔了一下——眼神与 Emma 对视在了一起，吓得他赶忙低下了头。

稍缓片刻，夏槐又抬起头，Emma 依然看着全班。当然，她眼神再次与夏槐"冲撞"了一下，眉头轻微地皱了皱。

夏槐故作镇静，伸伸懒腰，身体呈半蹲状。他看到 Emma 手里多了一沓试卷——原来，她正在看本次"二模"试卷。

是不是觉得有什么不对头的吗？是不是觉得不可思议的事情就这样平淡地发生了？还是……夏槐想到一连串的"还是"，忍不住"扑哧"笑出了声，惊得前后几位同学看了看他。

夏槐忙摆手示意没有什么。

"今天，我们来讲解一下英语试卷。"Emma 站起身。

大伙齐刷刷地抬起头。

"本次二模试卷比一模要难，整体考得都不理想，均分也不尽人意。"Emma 边说边翻阅着试卷。

大伙也都屏住了呼吸，听取着她的分析，生怕丢失了一些重要的信息。

"不过，本次也有让我惊喜之处，比如夏槐……"Emma 抬头看了看夏槐，脸上露着欣喜。

大伙不由自主地鼓起掌，夏槐的脸"腾"地红了。

"他这次的英语成绩很是可喜，超班级均分二十分，取得了班级第一的好名次。我想，这个成绩的取得并非是轻而易举得来的。"Emma 借机又开始了一轮"以理服人"的教育，"我想请夏槐同学来说说本次英语考试的经验，大家欢迎！"

教室里又是一阵"噼里啪啦"的鼓掌声。

夏槐愣住了——Emma 的这个提议显得很是突然，自己头脑一片空白。

"夏槐同学，请到讲台这里来，说说你是如何迎接考试的？平时又是如何学习、复习的。介绍介绍，分享分享给大家听听。"Emma 催促着。

威诗在座位上推搡着夏槐。

夏槐根本不想上讲台去说什么"经验"，因为他根本没有什么"经验"可谈。磨蹭了半天，他终于到了讲台边："嗯……啊……这个……经验……"

"别不好意思，大方些！"Emma 在一旁鼓励着。

"嗯！"夏槐用力地咳了一声，故作镇定，"其实……其实，经验真的没有。假如说有经验，那就是我以前向薛怡芭同学讨教的。"

"哦！这更要听听了。"Emma 笑了——薛怡芭可是她的得意门生，英语每次都得第一。

"我曾经问过薛怡芭英语为什么学得好，她告诉一点：背单词。所以，我也就背起了单词。当然，我还没有她背得多，我还要继续努力。这就是经验。"夏槐说完这段话赶忙跑回了座位。

"你们看，这就是勤奋。只有勤奋，才能有所起色。只有方法正确，才能有长足的进步……"Emma 乘势总结起英语学习"方法论"。

7

准点的时间，准点的线路，妈妈接了夏槐向学校飞驰而去。车内的收音机里放着悠闲的乐曲，夏槐小声地跟着哼唱。车前方的人越来越多，原来是省中的西门被堵住了，妈妈的车子放缓了速度。她一会儿左转，没有通过，右转，还是没有通过。妈妈急得使劲地按着喇叭，前面的行人、电瓶车、小轿车……丝毫没有移动的迹象。

"怎么没有一个交警呢？"妈妈四处张望，希望看到有交警维持秩序，可没有看到。

　　上学的中学生越聚越多，进校门的路也变得越来越拥堵。妈妈再次启动汽车，否则永远通不过。还没有向前走两步，汽车一个"踉跄"又停了下来。

　　"你的眼睛瞎了？"车子外传来一阵吼声。

　　夏槐赶紧打开行车记录仪：刚才驾驶的车子慢慢地朝前走，看到前方有情况，一个紧急刹车，车停得好好的。突然，旁边冒出一个肥肥的中年女子，自己骑着电瓶车撞到了小轿车的前轮胎，于是就破口骂了起来。

　　夏槐看完这段视频，很是恼火："明明是她自己撞的，我们没有找她，她倒恶人先告状了？"他拉动车把手，准备下车。

　　"孩子，打住！坐在车上，不要乱来。"妈妈制止了夏槐的举动，自己下了车，来到了那位肥肥的女子身边。

　　"你怎么开车的？会不会开车？"肥肥的女子不知是得了理还是无理取闹。

　　"对不起，大家都是送孩子。"妈妈温和地说。

　　"你看你，差点撞到了我们，要是撞倒了我孩子，看你怎么办？"她指了指已经站在一旁、一点没事的孩子说。

　　"对不起！对不起！都是送孩子上学。"妈妈仍旧是赔着笑脸。

　　"你不会开车就不要开！"肥肥的女子还是不依不饶。

　　夏槐坐在车内，看着这种场面，窝了一肚子的火，要不是妈妈事先打了招呼，不准自己下车，否则他早就下车理论去了。

这时，妈妈回转身，回到了车内。

"怎么能这样蛮横无理呢？"夏槐气呼呼地问。

"没有什么大事，心平气和地说说，不就没事了吗？"妈妈乐呵呵地说："要是计较，那今天肯定是走不掉了。再说，你上学也一定会迟到的。"

"明明是她做的不对，为什么还要那么嚣张？"

"遇到事情不能着急，也不必要发火，给个笑脸就可以。你看，我今天给了别人笑脸，不就大事化小，小事化了了吗？"妈妈仍旧是乐呵呵的。

8

晨读，又是 Emma 值班。

同学们手捧着书，阳光斜斜地照射进了教室，一起高声诵读着英语课文。

夏槐虽然也捧着书，但嘴里诵读的可不是教材上的内容，从他的行为上可以看得出来：摇头晃脑、左顾右盼，嘴里虽然哼哼哈哈地诵读，可眼睛却根本没有看课本。

"哎，夏槐，你在背什么呢？"威诗轻声地问。

"背单词。"

"Emma 不是让我们读课文吗？你怎么……"

"课文，我早就理解、会背诵了。一而再，再而三地背是一种浪费，所以我要做点有意义的事情。"

"你背的都是些什么内容呢？"威诗很是好奇。

"小口袋书里的单词，就是大学四六级过关用的单词。"

"牛！服了你了！"威诗竖了竖大拇指，没有再说什么，自己继续哇啦哇啦地背诵课文。

"全体坐下！现在每个人自行练习。"Emma 坐回椅子批改收上去的作业本。

夏槐坐下后，长长地叹了一口气，平复了心情之后，他拿出宸老师给的试卷开始练习。做着做着，他感觉到一双眼睛总是盯着他看，而且似乎靠得很近。

夏槐抬起了眼，吓了一跳——Emma 的头快要蹭到自己了。

原来，Emma 好奇夏槐的英语成绩提高幅度为什么这么大？刚刚，她看到夏槐拿出一张试卷埋头做起来，于是就来到夏槐身边，发现那不是自己发放的试卷。

"这是谁给你的试卷？"Emma 温柔地问道。

夏槐刚被吓了一跳，用手正拍着自己的胸口。听到 Emma 的问话，夏槐并没有回答，只是"嗯"一声敷衍了一下。

"夏槐，我给你做的这些试卷，跟你们英语老师的风格有些不一样。最好不要给她知晓，要不然她会说这说那……"夏槐脑袋里回响着宸老师跟自己说过的话。

"夏槐，能否将这份试卷给我看看吗？"Emma 伸出手。

"不！我还没有做好呢！"夏槐头也没有抬。

Emma 见状也没有过多地强求，觉得夏槐对英语有着很强的兴趣，不管这份试卷来自何方，自己的学生成绩有了提高，也是一件快乐的事情。

"夏槐，她开始怀疑你的英语学习了？"威诗凑了过来。

"也许！"夏槐还是没有抬起头，继续写着试卷，"当然，只要自己优秀，其他的一切都是次要的，你觉得呢？"

9

"夏槐，今日下午要举行成人礼，你通知你爸妈了吗？"威诗在食堂门口遇到了夏槐。

夏槐摇了摇头。

"宫老师不是说，要邀请几位家长来的吗？你没准备让你爸妈来？"威诗很是疑惑。

"我没有跟他们说。"

"为什么呀？这个活动比较重要呀？"威诗不理解，"我就通知了我爸妈，他们说一定会来参加的。"

"其实吧，我……"夏槐欲言又止。

"你究竟是什么意思嘛？"威诗被这结巴声搅得有些烦。

"其实吧，我还没有到十八岁。严格来说，我要到下半年的十一月份才十八岁。既然我还没有十八周岁，那我喊我爸妈来参加成人礼，不是一个虚假的仪式吗？所以，我也没有跟他们说。"夏槐说了自己心里该有的"成人礼"。

"唉，成人礼是一种形式，又不是非得到那个时间点才做的，你说呢？"威诗尴尬地笑了笑。

"不！我觉得这个很重要。"夏槐一本正经地说。

威诗没有再说什么，与夏槐勾肩搭背地进入了食堂。

"今日要参加成人礼了，小伙子们，来一份馄饨？"窗口的胖师傅吆喝着。

夏槐看了一眼那锅内的馄饨，忽然间有一种恶心感。他赶紧逃离了这个窗口，来到了另外一个炒蔬菜的窗口，打了两份蔬菜、一份荤菜，找了一个位置坐了下来。

威诗端着热气腾腾的馄饨来到夏槐的面前。

"伙计，你以前不是挺喜欢吃肉馄饨的吗？今日怎么了？"威诗吹着碗内滚烫的馄饨。

夏槐没有说什么，也没有提那次吃了食堂馄饨肚子难受了好多天的事情。他觉得不能因为自己不喜欢吃了，而影响了威诗的食欲，只是轻声地说了一句"我不太喜欢吃"就搪塞过去了。

夏日槐花
XIA RI HUAI HUA

两人闲聊着近期班级中发生的事情，特别是薛怡芭在家休养还没有来校的事情。

"薛怡芭也挺可怜的。其实，她也是没有办法，这不是她所能决定的。不过，我昨日听任月宇说，薛怡芭家的事情快要解决了，她近期就能复学了。"夏槐看着进进出出食堂的人说。

"我也听说了！家家有本难念的经。"威诗低头吃着馄饨。

"播送一则通知！播送一则通知！"学校广播里响起了播音员的声音："定于今天下午三点，全体高三的学生集中在礼堂举行成人礼仪式，请各位同学做好准备，也请各位班主任老师组织好。再播送一遍……"

进行曲音乐响起，教室里一阵骚动：成人礼的集合铃声响起。宫老师忙着招呼大家赶快排队。四路纵队瞬间就出现了，大伙站立在走廊上，安安静静，等待着宫老师的检阅。

"走！"宫老师看了看队伍，手一挥，队伍慢慢地向报告厅前行。

报告厅内没有什么布置，既没有鲜花，也没有彩旗，礼堂的上方挂着"为自己加油！为学校争光！高三成人礼宣誓仪式"的横幅。每一个班，每一位同学都坐到了各自的位置，平静地等待着仪式的到来。

不知何时，报告厅里响起了校歌，激昂的节奏听得每一个人心潮澎湃。夏槐、威诗等几个人不由自主地哼唱起来。

"请同学们安静了！"随着主持人的话语，全场立刻安静了下来，"全体起立！奏国歌！"

雄壮的国歌声在大厅内久久回荡。

所有的同学举起右手，庄严地许下承诺："……捍卫神圣《宪法》，维护法律尊严。履行公民义务，承担社会道义。国家昌盛为先，人民利益至上。热心公益，奉献社会，无愧国家培育，勤勉自励，奋发有为，不负长辈厚望。以我壮志激情，创造崭新未来，以我火红青春，建设锦绣中华。"

任月宇作为学生代表发言。

她步伐轻盈地走向话筒旁，拿着稿纸宣读起来。她表示将用成年人的标准严格要求自己，用知识和能力武装自己，用先辈们的先进事迹鞭策自己，在成人的道路上走得更踏实，更稳健，让父母放心，让老师放心，让社会放心。

10

"有你两封卡片。"门卫招呼着夏爸，递给他两张明信片：瘦西湖五亭桥的落日。

这是夏槐去扬州春游时，抽空邮寄给夏爸的。

夏槐和伙伴们坐在车子里，一路上有说有笑，时间也过得飞快，临近中午时间便到了扬州。

夏槐和伙伴们在老师的引导下步入一所大学的校门，围绕着校园走了长长的一段路，看着校园内的一草一木，还有那些一幢幢的教学楼，夏槐的内心莫名地有一股冲动。他想象着自己在不久的日子里也能够在心仪的大学校园内学习、生活……

他不禁笑了起来。

"你笑什么？"威诗在一旁看着笑容满面的夏槐问。

夏槐没有说什么，只是内心洋溢着浓浓的温暖。

在校园内绕了大半个圈圈之后，有人将夏槐他们带入到一间报告厅，这个报告厅不算很大，能一次性容纳五六百人。

一位年长的老师走向讲台，微笑着说起大学的历史……最终，他说出了心愿："希望在座的每一位学子能报考我们大学，我们张开臂膀等候着大家的到来！"

怀揣着暖暖的幸福，夏槐一行来到了瘦西湖。之前，夏槐查阅了资料，了解了相关知识——

> 瘦西湖，原名保障湖，位于江苏省扬州市城西北郊，游览区面积 100 公顷。
>
> "瘦西湖"之名最早见于文献记载为清初吴绮《扬州鼓吹词序》："城北一水通平山堂，名瘦西湖，本名保障湖。"乾隆元年（1736），钱塘（杭州）诗人汪

沅慕名来到扬州，在饱览了这里的美景后，与家乡的西湖作比较，赋诗道："垂杨不断接残芜，雁齿虹桥俨画图。也是销金一锅子，故应唤作瘦西湖。"

瘦西湖在清代康乾时期已形成基本格局，有"园林之盛，甲于天下"之誉。瘦西湖主要分为14大景点，包括五亭桥、二十四桥、荷花池、钓鱼台等。

资料归资料，百度一下，全有。但，这仅是文字表述。现在，夏槐就站在瘦西湖的大门口，心情别样激动。

"瘦西湖最有名的就是那座五亭桥，待会一定要去看看哦。"威诗跟伙伴们说。

大家一致同意。

夏槐用单反相机给伙伴们照了许多张照片。

"青山隐隐水迢迢，秋尽江南草未凋，二十四桥明月夜，玉人何处教吹箫"之句。五亭桥中秋时正侧有十五个卷洞因此有徐凝的《忆扬州》五亭桥，古称"莲花桥"。建造在瘦西湖上，好像湖的一根腰带。因桥上建亭，故又名五亭桥。

夏槐站在堤岸上，看着五亭桥，觉得实在是太美了。进入到五亭桥后，又觉得五亭桥充满着魅力。当他回首五亭桥时，忍不住又举起相机尽情地对着五亭桥拍了许多照片。

夏槐看到了瘦西湖邮局，跑进去看了看，发现印有五亭桥风景的明信片，他购买了两张，郑重地写下了爸爸单位的地址和姓名，随即塞入了邮筒。这两张明信片带着扬州春风般的心愿飞向了夏槐熟知的地方……

两张明信片被插在书房书橱的玻璃窗内。夏槐回到家，看到了它们，脸上笑嘻嘻，内心很是满意爸爸的做法。

"今天是周四，你们俩谁去教室值班？"夏槐问。

"哦，我去吧！"妈妈应允了一声。

准时，准点，夏妈坐在了夏槐教室的后面，安安静静地照看、维持着班级纪律。夏槐去隔壁班级生物老师那里"开小灶"去了。

"今天是一次测试，大家可要认真对待！"生物老师招呼着大家。

因为老师的悉心辅导，生物教材上的一些难点、重点都弄明白了。夏槐拿到试卷，"唰唰唰"地写起来，一路"顺风顺水"。

生物老师坐在前面的讲台前，看到夏槐已经做完了试卷，让他将试卷拿过去批改。"满分！"生物老师大为满意。

"很好！几次辅导下来，还是蛮有效果的，继续努力！"生物老师竖起了大拇指。

夏槐回到班级。

"好了？"妈妈轻声地问刚走进教室的夏槐。

夏槐举了一个 OK 的手势，没有说话，直接回到座位。这时，生物老师也跟着进了教室，宣布了一项任务："明天，我们要进行周练，请大家认真复习。"

时间总是飞快地流逝，生物周练也来到了。

夏槐拿到试卷后，不敢耽搁，提笔认真地一题又一题地答着。第一节课下课铃声响时，生物卷全部上交了。

晚自习第三节课，生物老师又出现在教室里，手头拿着一沓刚刚考过的试卷。他看了看大伙，宣布起了成绩："这次全班最高分是夏槐，祝贺他！"教室里响起了零星的掌声，有嫉妒的，有羡慕的，也有祝贺的。

晚自习下课了。大伙一涌而出教室，各自走向回家的路。站在教室门口的生物老师拉住夏槐，笑着说："夏槐，你的生物辅导是有效的，付出的努力没有白费。继续加油！"

"谢谢老师！"夏槐乐开了花。

"从下节课开始，你就不要再去补习生物了，要将全部的精力花费在语数外上。"生物老师拍了拍夏槐的肩膀。

夏槐抿着嘴，点了点头。

"生物老师让我别再去辅导了，让我好好复习语数外。"夏槐回到家就对妈妈说。

"挺好呀！孩子，加油！努力，不辜负老师的期望。"妈妈喜笑颜开。

"可是——"夏槐的眉头紧锁。

"怎么了？这样不好吗？"妈妈追问。

"不是，其实呀……"夏槐开始吞吞吐吐。

"直说，没有关系，任何事情都可以说出来，我们也好给你出出主意。"妈妈很是乐意听夏槐说这说那。

"近期我顾了生物，物理却有些犯难了。"夏槐的脸色不知是笑还是哭。

妈妈没有说话，等着夏槐继续说下面的话题。

"我生物这次考了全班第一，可是物理却是考了全班倒数第一。"夏槐无奈地傻笑了一下，"因为我补这补那，也没有顾得上做物理题目。"

"哦。这是个问题。唉，你有时间的时候怎么不去练习练习？"妈妈很是疑惑。

"你忘记了，我还要去参加其他功课的辅导。"夏槐两手一摊。

　　妈妈皱了皱眉头，心里想：怎么不利用课余的这些时间做一做作业呢？

　　夏槐似乎看透了妈妈的心思，继续说："你看，我周一的晚自习要补一补语文，周二、周五要补补英语，周四要去补补生物，还有一个周三，也是被数学占据了，所有的其他时间都要完成这些科目的作业。所以，物理就没有时间去学习，甚至是作业都没有时间去完成。"

　　不说不知道，一说还真是吓一跳。妈妈内心暗暗念叨：夏槐真的是太辛苦了！

　　"那怎么办呢？"妈妈有些摸不着头脑了。

　　"我也想过了，其他课程考得再好，如果物理考了一个 C，那岂不是前功尽弃了吗？所以，现在我准备要放放一些科目了。"夏槐娓娓道来。

　　妈妈表示同意。

　　"我已经跟语文老师说了，近期就不去参加辅导了。还有，宸老师哪里是否可以只去一次……"夏槐有些为难，"可怎么说呢？毕竟宸老师是义务劳动哦！"

　　"没事！我去说吧。"妈妈笑着说。

　　"生物辅导也不去了，这样我就有时间抓一抓物理了。真是哪儿差补哪儿呀！"夏槐自嘲了一下。

　　"你的说法完全正确，我们完全支持你的意见。"妈妈态度坚定地说。

这几日，夏槐看到爸爸在写《疑案里的作文》这部小说，提出了自己的想法："要想写得精彩，引人入胜，那必须得好好看看日本作家东野圭吾的探案小说，就像我一样：课程哪门弱就补哪门。比如《解忧杂货店》《神探伽利略》《秘密》《湖畔》《以眨眼干杯》……"

爸爸认真地听取着夏槐的意见。

"东野圭吾的早期作品多为精巧细致的本格推理，后期笔锋愈发老辣，文字鲜加雕琢，叙述简练凶狠，情节跌宕诡异，故事架构几至匪夷所思的地步，擅长从极不合理处写出极合理的故事，作风逐渐超越传统推理小说的框架……"夏槐指着订阅的杂志上对东野圭吾的介绍说："我很想阅读他的作品，因为班级中有人阅读了，都说很精彩。加上你最近一直在写类似探案的小说，所以我觉得有必要读一读这个人的作品。"

爸爸认真地倾听着夏槐对东野圭吾及这个人的作品的介绍，内心也涌动了一股阅读的渴望，于是在网上订购了夏槐列出的东野圭吾的图书清单，外加一本《神探伽利略2》。

等到图书来了之后，夏槐第一时间阅读了《解忧杂货店》。不消几日，他将《解忧杂货店》还给了爸爸，还说："该书写了在僻静街道旁的一家杂货店的投信口投下自己的烦恼信件，第二天就会在店后的牛奶箱里得到回答，一个又一个的离奇小故事……"

　　夏槐没有评论这本书带给他的思考，只是说了这本书的内容。爸爸也开始了阅读，看了三个章节后，两人又做了一次简短的对话。

　　"这本书是以书信的形式来表述故事情节的。"爸爸首先说出自己对书的构架的看法。

　　"是的。但，这些小故事还是蛮有趣的。"

　　"只是，我看了之后，觉得有一种穿越的感觉。"

　　"穿越是这本书的一个特色，给人造成一种假象。当然，这样的假象似乎又是顺理成章的，从一个时代到了另一个时代……"

　　"总是这样的书信形式，我还是不太喜欢。"

　　"书信形式构成了这本书一个故事接一个故事的发展。其实，这本书还不是很精彩，我看了之后，也觉得这本书的内容有些枯燥。"夏槐也提出了自己的想法。

　　"是的。《解忧杂货店》虽然是一个一个离奇的探案，但这样的形式，我看得比较疲倦，没有给我一种新鲜感，最后有些走马观花的节奏了。"爸爸说了自己的阅读感受。

　　"那你可以看看《神探伽利略》，这本书应该是不错的。"夏槐提出了新的建议，因为《神探伽利略》他近期刚看完了。

　　爸爸又开始了《神探伽利略》的阅读。这部小说是由一个一个的神奇探案故事连接而成的：燃烧、转印、坏死……这样的故事让爸爸看得津津有味。案件的发生总是出乎意料，但又都是在意料之中，推理的过程让人不由得惊呼东野圭吾广博的知识和缜密的思维。

"这是一本好书，我喜欢看。"爸爸对夏槐喜笑颜开地说。

夏槐也很高兴爸爸能喜欢看自己推荐的图书。他从书包中又拿出了自己刚买的一些新书，这些都是他近期准备要阅读的：［日］新海诚原作、桐山成人的《十字路口》、［日］新海诚的《你的名字》、［日］村上春树的《挪威的森林》、［英］贝尔·格里尔斯的《荒野求生》、［日］伊坂幸太郎的《金色梦乡》、［日］川端康成的《川端康成作品集》、［英］简·奥斯汀的《傲慢与偏见》……

"你知道我为什么这么喜欢东野圭吾的作品吗？"夏槐故作神秘地问。

爸爸摇摇头。

"因为他的物理学得特别好！我也想将自己的物理学好。"夏槐哈哈大笑起来。

11

清晨，天气湿漉漉的。不一会儿，天空飘起了毛毛小雨。

夏槐打着伞走在校园的林荫路上，脚底下感觉有些轻飘飘的。快要到教学楼下时，一不小心打了一个滑。他定了定神，站在原地没有动，生怕自己会被摔倒。

地面不平整，有的地方是低洼的，形成了一个又一个的水洼地，灰色的天空倒映在这小小的一块水洼里，冷冷的。偶尔还有一两只小鸟飞过，扑棱的翅膀甩下点滴的水渍，落在夏槐的雨伞上。

静了静，夏槐继续往前走。教学楼前，他抬起脚准备上台阶，突然，脚底下又是一滑，幸亏反应迅速，再一次站稳了脚跟。

咦？究竟是怎么回事呢？夏槐扶着墙，来到了楼梯口。跺了跺脚，收起伞，抬起脚，看了看脚底板，原来是球鞋的底被磨光了。

走进教室，大伙都到了，夏槐又是倒数来到校的几个人之一。

宫老师早已站在教室的讲台旁，眼睛扫视了全班的每一个人，对于稍稍迟来的、走进教室的人，他都是恶狠狠地瞪着眼，一句话也不说。

"哎，咋了？"夏槐捅了捅旁边的威诗，用手指了指宫老师。

"别——问！"威诗捂着嘴巴说。

夏日槐花
XIA RI HUAI HUA

夏槐知道，此时如果还不老老实实地读书、看书，准得被宫老师点名，然后一顿骂。他掏出英语书，哇啦哇啦地一阵阅读。

宫老师背着手在教室里来来回回地晃悠。

午间。

夏槐奔向厕所，还没有到厕所就闻到臭味。他停止了脚步，转身向楼下的厕所走去。楼下的厕所比较干净。突然，他脚下一滑，整个人倒了下去，摔了一跤。他感觉屁股很疼，艰难地爬了起来，还算好，此时此刻，厕所里面除了他外，没有别人。

夏槐摸了摸屁股，忽然摸到潮潮的一片，仔细一查，原来是校服上有一摊水渍。他脱下外套，脏兮兮的。那一摊印在校服上的水渍像一张狰狞的脸庞。

"真是倒霉！我早晨眼皮一直跳呀跳的，感觉自己要出什么事，果然。来上学时，滑了好几次，终于还是没有躲过这一劫。唉！"夏槐长叹了一声，用手抓着校服，回到了教室，将校服塞进了抽屉里。

他揉着那摔疼的屁股，看着窗外还在淅淅沥沥下着的小雨，埋怨起来："这鬼天气，什么时候是个头呢？"

早晨，妈妈跟夏槐说：天气可能会巨变，有雷阵雨，是否要到学校去接呢？夏槐一口就拒绝了。原因很简单，他说自己的体重还是原来的状况，依旧没有减轻的迹象，自己还是要继续"减肥"计划——走回家。

晚自习的铃声响起。夏槐一边抱怨着天气，一边背起了书包。他背起书包，走下楼梯，楼上的灯一盏接着一盏地熄灭了。

"夏槐，下这么大的雨，有人来接你吗？"威诗与夏槐一起走着。

"不来。"

"为什么呀？坐你妈妈的车子回家，多方便呀？"

"不为什么，我只是想每日走走，这样能锻炼身体。"

两人边说边走出了校门。任月宇、吴蔡、崔尼等一群小伙伴各奔东西，有的家长来接，有的是自己走回家。任月宇也是自己走回家，前面的路与夏槐是同一个方向。

"你近期如何？"任月宇打着伞问。

"什么如何？"夏槐歪着头问，小雨点直往他的脸上甩过来。

"就是学习呀？"

"唉，说起这个，我还真是有些烦心。"夏槐的眉头皱了起来。

"怎么了？你这次二模不是考得挺好的吗？又有什么烦心的事情呢？"任月宇有些不解。

"正是自己考得不错，我内心更加的心烦。"

"说来听听，说不定我会帮你解决解决呢。"任月宇笑了。

夏日槐花
XIA RI HUAI HUA

夏槐就一五一十地说起了自己的心情："以前总觉得超不过你和薛怡芭两人，现在有这么一次机会成功了，说明自己的努力是值得的。但是……"

"但是什么？"任月宇忙问。

夏槐没有说。

"是不是害怕自己保持不住这种状态？"任月宇猜出了夏槐的心思。

夏槐点了点头。

"其实，实话告诉你，我以前一直考班级第一、第二，内心也很焦虑，总是害怕被别人超过。这次，被你超过后，我心情郁闷了好多天。后来，我也想通了：学习不就是有起有落的吗？这是正常现象呀！只要自己努力，一次比一次进步，一次比一次有信心，这就够了。"说完，任月宇长叹了一口气。

夏槐知道：任月宇这也是缓减了内心多日以来的烦闷。两人一路上有说有笑，说到最后的这一段时间的安排……天生大道路口，红灯。任月宇朝东走了，夏槐还要继续朝南。

小雨一直下着，透过路灯的映照，那绵绵的细雨斜斜地落下，铺洒在地面，满满的、潮潮的。

夏槐回味着刚才任月宇的话语，想象着后面为期不多的时间的计划，内心充满了力量。他加快了脚步，嘴里还哼起了多日以来没有再唱起的《童年》：

池塘边的榕树上

知了在声声叫着夏天

操场边的秋千上

只有蝴蝶停在上面

黑板上老师的粉笔

还在拼命叽叽喳喳写个不停

等待着下课

等待着放学

等待游戏的童年

…………

下　篇

第四章　倒计时开始了

1

"哎哟，怎么回事呢？"夏槐在客厅又嚷起来了。

妈妈从厨房里伸出头看了一下，看到夏槐站在人体电子秤上。"这孩子……"妈妈笑了笑，继续做着早饭。

称体重这样的事夏槐从未停止过。

"那张脸都瘦成了小脸，难道你自己看不出来吗？"话音刚落，爸爸就已站在夏槐身旁，"你看看下巴都成尖的了，还嫌自己肥？受不了你啦！"

夏槐没有接话，重新站回电子秤上又称了称："前天我都已经成功减到了七十多公斤，结果今日又恢复到了八十公斤，你知道原因吗？"

妈妈端了烧好的菜出来了，摇了摇头。

"昨晚我在学校吃晚饭时，没有控制好，又吃了排骨和两份荤菜。"夏槐摸了摸自己的肚皮，"哎，总是控制不了自己的食欲。"

"现在你正是长身体的时候，就是要多多补充能量，而且……"爸爸也坐到了餐桌旁，"而且，你们现在的学习强度又大，不多吃点，身体哪吃得消？"

夏槐没有再多说什么，也坐下来吃早饭。

妈妈准备了夏槐爱吃的牛肉，还烧了几个蔬菜。夏槐狼吞虎咽地吃了起来，肉包子、牛肉、蔬菜，一个都不少，全部都下了肚。

吃罢，夏槐背起书包下了楼上学去了。

"喂！夏槐爸爸，你好！"电话那头传来了宫老师的声音。

"您好！您好！"爸爸忙招呼。

"今晚你们有时间吗？"

"您说！"

"夏槐今晚要去学校团体辅导，又一次轮到你们来班级值班。"

"哦，好的！"爸爸想也没想就答应下来了。

"晚间八点半，辛苦你了！"宫老师嘱咐着。

"保证准时到。"

晚间八点十五分，爸爸骑着电瓶车到了学校，找到了宫老师，相互寒暄了一阵。宫老师将夏槐近期在学校的状态也说了一遍，特别是"二模"之后，夏槐骄傲的情绪以及周练不满意的状况做了一个分析。

爸爸认真地听着。

"那……我们相互配合，争取夏槐能够学得更好。"宫老师站起身，引导夏爸来到了教室。

教室内人数不是很多——有一部分孩子去辅导了，夏槐也是其中之一。爸爸坐在靠窗子的一张椅子上。教室前方黑板上"勤奋、善思、刻苦、求真"八个红色大字格外的醒目。黑板的右上角用粉笔书写着"距三模仅剩20天"，"20"用红色粉笔做了特别标注。黑板右边的墙壁上张贴着一张倒计时牌：

> 距高考仅剩
> 95 天

"95"数字显得很是醒目。它提醒着每一位同学，时刻珍惜每一天，每一分，每一秒。

教室后方墙壁上拉了一条横幅："奔跑吧！高三（5）班"，黑板上用粉笔写着大大的要求："深化常规，冲刺三模，决战高考。"黑板最左下端，还有一行诗句："今朝灯火阑珊处何忧无友，他年折桂古蟾宫必定有君。"靠墙是存物柜，每个格挡里摆放着每一位同学的书籍、书包和杂物。

看着这一条条的标语，一句句励志的口号，爸爸内心也被感染着。

一阵铃声响起，教室外陆陆续续进来一些同学。

夏槐此刻也看到了爸爸，他俩对视了一下，笑了笑，没有说话。夏槐回到座位，拿出书。忽然，又是一阵铃声响起，同学们全部站了起来，诵读的声音此起彼伏。

爸爸惊了一下。

原来是晚读。

当铃声再次响起时，晚自习下课了。夏槐来到爸爸身边，一起走出教室。

"你今天来时，应该把胡子剃一下。"夏槐指了指爸爸的下巴，"不然给人乱糟糟的感觉。"

"哦！"爸爸摸了摸下巴，傻笑了一下。

"同学对我说，我的气质没有你好。"

"谁说的。你还是有很好的气质的。"

"不，没有你的好。这是他们几个人说的。"

…………

这几日，晚间下课后，夏槐要求自己跑回家，他常常说：

"要坚持！不能懈怠，否则是前功尽弃。"无论是刮风还是下雨，他都不允许妈妈去接，自己跑回家，从未中断过。

"叮咚！"门铃响起，夏槐到家了。

泡脚，这是夏槐每日上床休息前必做的事情。坐在那里，泡着热乎乎的水，夏槐的内心被一股股暖流拥抱着，浑身的疲倦一扫而空。

"我准备睡觉了。"夏槐对妈妈说。

少顷，妈妈听到夏槐房间"咚"的一声响，跑去一看，只见夏槐手举着哑铃在"一二三"地练着。

"不错！你能举这么重的哑铃？"妈妈鼓起掌。

"哪呀！"夏槐放下哑铃递给妈妈看，"我将两边各取走了两小块的铁块。要不然，我哪举得动呢？"

妈妈这才注意到地上摆放的几块小铁片，刚才的"咚"声就是放它们而发出的响声。

"加油！无论是多重，坚持最重要。不过，不能勉强自己举不起来的重量，那样的话既没有得到锻炼，反而容易受伤。"

夏槐点了点头。妈妈走出房间，身后响起了"一二三四……"的数数声。

2

"滴滴滴……"小闹钟按时地响了起来。

夏槐起身、穿衣、洗漱,站在电子秤上又称了起来。

"呀!怎么一早就在称呢?"妈妈笑了,"减肥真是用心哦。"

"我要保持住体重,这样才能有健康的体质参加高考。"夏槐回应了一句。

"我还是坚持我的观点:高三阶段,学习压力大、消耗得多,所以还是要多吃、休息好,这样才能真正地保存体力。"爸爸在一旁插话。

夏槐没有多说,内心按照自己的意愿坚持着"减肥"。一切准备停当,他切了一个橙子吃了起来,还用洗净的橙子皮泡水喝。

"孩子,你今天怎么用橙子皮泡水喝了呢?"爸爸有些纳闷。

"哦,这个……"妈妈在一旁帮着做起了解释,"橙子皮有丰富的维生素 C,他是为了提高身体免疫力。"

"对!提高身体免疫力。"夏槐边喝水边说,"最近,班级中许多人都感冒了。"

上周周五早晨。

夏槐到了教室坐定后，他发现教室内似乎有什么不对，仔细朝四周看了看，原来空了好几人的座位。

"最近，有一种流行性病毒，叫什么诺如病毒，大家要注意保暖。不要以为春天来了，有一点热就不注意……"宫老师站在讲台前跟大家唠叨起来。

"诺如？"夏槐对新鲜的事情都很好奇，回到家后，他查阅了资料：

> 诺如病毒是一种引起非细菌性急性胃肠炎的病毒。感染诺如病毒后最常见的症状是腹泻、呕吐、恶心，或伴有发热、头痛等症状。儿童患者呕吐、恶心多见，成人患者以腹泻为多，呕吐少见。病程一般为2~3天，此病是一种自限性疾病，恢复后无后遗症。

"难怪！"夏槐看着资料喃喃地说。

坐在座位上，四周的几个座位都是空空的：任月宇、吴蔡、郜弥，还有那个"盛气凌人"的薛怡芭也没有来。宫老师看着几个空座位，眉头紧锁。夏槐知道他内心是着急的，因为距离高考的时间不多了，此时是不能落下一点点功课的。再者，这几位缺课都是有实力的学生。

夏日槐花
XIA RI HUAI HUA

　　"大家千万要保重好自己的身体，千万不能被感染了，也要注意加强防范……"宫老师在教室里边转悠边提醒着。

　　思绪又回转到夏槐正在喝橙子水。

　　"我这是增强体质。你不知道，我的前后左右四个人都因为生病回家了。"夏槐边喝水边告诉爸爸，"宫老师说了，他们都是感染了诺如病毒，来势很凶。"

　　"有必要！有必要！"爸爸点头表示认可。

　　今日下午四点十分，宫老师来到班级，宣布：明日休息一天。

　　教室内一片欢呼。

　　夏槐与威诗走在校园的林荫路上，有说不完的开心事，道不完的欢乐事。

　　"等高考结束，我就去打工！"威诗眉飞色舞。

　　"不会吧？你不烦心自己的学习，却开始想打工的事？"夏槐有些惊讶。

　　"我这是做两手准备。"

　　"这话怎么说呢？"

　　他俩坐在陪伴他们快三年的椅子上，槐花树上的树叶已经茂密成荫了。

威诗两脚向前伸了伸："还记得这棵树吗？"

"怎么不记得。我俩一起进校园的第一天，就是在这棵树下重逢的。那时的时光是多么令人怀念呀！一晃都已经快三年过去了……"夏槐若有所思，抬头看了看长满绿油油树叶的槐花树。他闭着眼睛，鼻子吸了吸，顿时有一股清新的香气沁人心脾。

"唉，不要转移话题。"夏槐猛地睁开双眼，重新回到现实，"刚才你说去打工？现在高考都没结束，怎么就想到这个事情呢？"

威诗半天没有说话。

夏槐静静地等候着，他知道：威诗肯定有话要说。

"我的成绩一直不是很理想，要考一个好的大学也是不容易的。所以，我想先到社会上实践一番。考大学，我只是顺其自然，能有一个学校上就可以了。父母也知晓我的学习成绩，没有过多地强逼我……"威诗站起身来。

"哦！"夏槐听了威诗的话，不知要说些什么，"那你准备做什么呢？"

"你还记得我们当初去电子城买东西吗？"威诗眼里闪出亮光。

"当然记得！当初只是觉得好玩，没有想到以后会是怎么……"夏槐想起了多年前的那个暑假，一伙人去了省城，进了电子城，眼花缭乱地逛了许久许久。

"那个时候，我们还是比较单纯的，真的没有多少想法，就是喜欢玩。宫老师不也总说'兴趣就是最好的老师'吗？我们对电子产品有兴趣，朝这个方面去努力努力，也许有很多惊喜等着我们呢！"威诗笑了起来。

"也许……"夏槐也笑了。

"也许，我能挣到一些钱呢！"威诗信心满满。

"也许……"

"到今年下半年你十八岁生日的时候，我会用挣的钱送你一套西服。"威诗郑重地说。

"这怎么可以？一套西服很贵的。"夏槐觉得礼物太贵重了。

"那我该送你什么礼物呢？"夏槐也想起来，"你的生日就是高考之后的日子……"

"其实吧，我们俩也不需要送什么这个，送什么那个，因为我们是好朋友，对吧？"威诗兴奋地说。

槐花树上突然有几只小鸟扑棱着翅膀飞了出去，它们快乐地在空中画出一道道飞翔的弧线，然后又重新站立到枝头，"啾啾啾"地引吭高歌起来。

3

夏槐近期心情不错，原因是自身的努力得到了一些回报。

"夏槐，老师喊你！"吴蔡站在门口朝教室里面叫着。

埋头写作业的夏槐打了一个激灵：不会又是找我什么茬吧？近期宫老师似乎有着永远发泄不完的怒火。

走廊上，夏槐遇到了威诗、薛怡芭、任月宇、崔尼四个人。他们的脚步匆匆，一问才知，也是被宫老师喊去办公室的。

"知道去干吗吗？"夏槐问身边的任月宇。

任月宇摇了摇头。

夏槐又问了薛怡芭，她也摇了摇头。

虽然不知究竟是什么事情，但夏槐可以断定，这次被宫老师喊去，不是什么坏事，因为五个人中任月宇、薛怡芭都是班干部，而且都是老师眼中的乖乖女。

"报告！"五人异口同声地站在办公室门口喊道。

"进来吧！"办公室里传出宫老师的声音。

奇怪，这个声音比平时温柔多了。怎么会这样呢？夏槐更加坚定这次来办公室一定是有"好事"。

"你们五个人，近期的状态如何？"宫老师坐在办公椅上笑嘻嘻地问。

夏日槐花
XIA RI HUAI HUA

　　前四个人都说出了自己的状态，都是给自己鼓劲的话语。轮到夏槐，夏槐没有说话，只是点点头。

　　"点点头表示什么？"宫老师脸上的表情让人捉摸不透。

　　"嗯，还可以吧！"夏槐说了一句模棱两可的话。

　　"还可以？到底是可以还是不可以呢？"宫老师又追问了一句："我现在要的是具体的、自己最清晰的一个表达。现在是倒计时九十天，我可不想听些模棱两可的话。"

　　"我觉得自己最近的状态还可以，应该没有问题。"夏槐赶紧补充了一句。

　　宫老师脸像花儿一样地绽放开来。停顿了几秒，他站起身，对站在面前的五个人说："你们个个都是人才！希望后面的时间要加油！再加油！"

　　五人没有想到听到的是这样的一个话语，内心的欢愉程度可想而知。大伙走出办公室立刻像欢腾的雀儿一样向教室奔去。回到自己的座位，你看看我，我看看你，没有一个说话，只顾着笑。

　　夏槐托着腮，眼睛看着窗外开始发芽的椿树，内心也如同那绿芽一般，有一颗种子在发芽、开花，直至结果。

　　晚自习，宫老师分析了昨日的周练。最后，他将夏槐喊到教室外，指出本次的周练，有许多不该犯的错误。夏槐大气也不敢出：做数学试卷的时候，那些题目似乎在哪里见过，但自己似乎得了"暂时失忆症"，居然大部分都不知道如何下笔。等上交完试卷后，他的脑袋又清清楚楚、明明白白的了。

奇了怪了？夏槐自己的内心感到十分的疑惑。

自习课上，夏槐看到崔尼的姿势有些不对劲。侧身仔细一瞧，崔尼在自己的腿上放了本课外读物，正津津有味地看着呢。下课后，夏槐问崔尼："上课看课外书，作业怎么会做呢？"

"反正还要去宫老师那里补习一节课，最终还是会得到答案的。"崔尼乐呵呵地说。

晚自习时，有那么几个人总是去宫老师的办公室，一待就是两节课；午休时分，也有几个人拿着课本，匆匆忙忙地走出教室，去了生物老师那里；吃罢晚饭，大家在休息的时候，任月宇、薛怡芭都去了 Emma 那里……

"平时一个个口口声声说不问老师题目，不参与老师的辅导，原来都是善意的谎言。看来，我也该补补英语了。"他给自己做了一个"加油"的手势。

晚间回到家，他郑重地在记事的白板上写下一行字：离高考还有 90 天，考上大学，不负韶华！

夏日槐花

XIA RI HUAI HUA

4

"咳咳咳……"夏槐的嗓子总是有些痒痒的,他自己也不知是何时出现的症状,内心有些烦躁。晚自习的时候,他去了宬老师处。

"你能否将试卷给我看看?"

夏槐取出一份试卷递给了宬老师。

宬老师扶着眼镜,仔细地从头到尾认真地看了一下:"你觉得自己的弱项在哪里呢?"

"我的阅读失分过多。"夏槐说出自己心头的疙瘩。

"嗯,我看了一下,你的听力不错,不扣分,这项内容继续加油!选择性题目和阅读性题目失分较多。我也看了一下,以你现在的分值作为基础,还可以提高二十分。"宬老师指着试卷的错题说着自己的看法。

夏槐内心一震:二十分?这是多么诱人的一个分值,要是提高了这个分数,那自己在班级中的名次和在年级中的名次岂不再次提升了吗?

"当然,要得这二十分,不是那么简单的事情,需要有一定的词汇量和自己细致的做题技巧。没关系,我们慢慢来,不要在意自己能得多少分,先抓住自己该得的分,一步一个脚印,相信自己！"宸老师的话语总是那么令人充满信心。

晚自习结束，已是二十一点四十分，此时的街道上行人稀少，只有那一辆辆来来往往的建筑工地加班加点的渣土车飞驰着。夏槐看了看灰蒙蒙的街灯，不由自主地咳了起来："哎，恼人的雾霾！什么时候有一个清爽、新鲜的空气呢？"

离家的距离越来越近，那棵三十八号电杆就在前面了。三十八号电杆旁有一个身影站在灯光下，那是爸爸——每日都在固定的时间、固定的地点等待着晚间散学归来的夏槐。

"咳咳咳！"夏槐走近爸爸。

"受凉了？"爸爸关切地问。

"不是受凉！"夏槐回答道。

"可能是昨晚盖被子少了，冻的？"爸爸说。

"不是受凉！是雾霾。"夏槐怒气冲冲。

"哦！那你要戴口罩呀？"爸爸戴了口罩，"前几日给你的口罩呢？"

"扔了！我不想戴了。"

"为啥？"

"不为啥！"

"明日还是戴口罩吧？！"

夏槐没有再表态，当爸爸用眼睛看着他的时候，他"嗯"了一声。

街灯的映照下，两个人影相依相偎。

5

天空乌云密布，似乎要下雨了。果不其然，"哗啦啦"的一阵响。这场雨来得快，去得也快。转眼间，太阳又露出了笑脸。

校园里许多的树都发出"沙沙"的声响。楼底下突然间骚动了起来，夏槐趴着栏杆往下一瞧，只见老师们拥着一个人往报告厅走去。

上课铃声响了，宫老师走进教室："今天，有一位专家来学校讲作文，大家要认真听，认真记。"

坐在座位上的夏槐有些不太高兴："怎么又是一个'砖家'。"

"对！专家呀！宫老师是这样说的。"威诗应和着。

"我说的是'砖家'，不是'专家'。"夏槐纠正着。

"我们说的是一样呀？"

"我说的是'砖头'的'砖'，不是'专门'的'专'。"夏槐再一次更正着。

"'砖家'，哈哈！用砖头拍人？哈哈！"威诗笑了。

"听听也无妨，总能有所收获。"夏槐也笑了。

"同学们，安静了！"主持人抓着话筒，提醒着大伙："今天，我们有幸请到了高考命题组的胡老师来校给我们讲述高考作文的写作，大家欢迎！"

胡老师站起身，鞠了一躬，然后开始了他的作文写作讲座。

"怎么又是讲凤头、猪肚、豹尾呢？这不是老掉牙的写作方法吗？这点小技巧我们早就掌握了呀？"夏槐再一次不满起来。

威诗用胳膊肘捅了捅他，嘴巴朝远处努了努：宫老师站在离他们不远处，正朝他俩这边看过来呢！

夏槐瞥眼看了看，眼神与宫老师相撞，慌得他连忙移开视线，继续听胡老师的讲座。过了一会儿，他内心又开始烦躁起来：哎，讲述的作文方法都使用过了，有些老掉牙了。他看了看旁边正专心致志听讲座的崔尼，问："这个人讲得如何？"

"很有启发！"崔尼发出了一阵感慨。

真的吗？夏槐心里有些疑惑。

第二天早上，同学们早早地来到了教室，大家被告知要验血。

此时，薛怡芭脸色苍白。一问，才知：她是贫血。夏槐告诉她：准备几颗糖，抽完血后，立刻含在嘴里。到哪里找糖去呢？夏槐从口袋里摸出了几颗糖。

"你身上怎么会带着糖果呢？"薛怡芭很是惊喜。

"我每日都会带一些小零食在身上。你没发现我每日必带的是两样水果：苹果和橘子，也算是补充维生素吧。糖果有时带，有时不带。今天凑巧，正好派上用场了。"夏槐笑嘻嘻地说着。

薛怡芭很是感激，连说"谢谢"。

"同学们，都准备好了吗？"宫老师走进教室问。

抽血地点在报告厅，四位医生坐在前排的椅子上，面对的是四路纵队。突然，一阵刺耳的声音传了过来，"不好了！有人晕倒了！"排队的人群骚动起来，大伙"呼啦"一下，奔向那个已经有一小圈人的地方。

宫老师双手一拦："站好！不要去凑热闹，那里有医生！"

原来一位女生有晕血症，刚才在抽血的时候，晕倒了，医生说无大碍。

"听说要抽 200cc？"夏槐回头跟威诗说。

"我也不知道，他们有的人说去年体检的人抽的就是 200cc。"威诗也很茫然。

"准备好！轮到我们班了。"宫老师站在队伍的最前面，高声地提醒着，"大家把外套的一只胳膊脱了，随时准备好，这样速度也比较快……"他检查着每一位同学准备的状况。

轮到夏槐，他坐在凳子上，伸出胳膊。医生用橡皮筋扎住他的胳膊上端，然后用力拍了拍，只见青筋微微暴露了出来。医生用棉签沾上了消毒水，擦拭着胳膊，用一次性的针管插入血管，下面接了一个小瓶子，很迅速地接了一罐，又换了另外一个小瓶子，并迅速地灌好。

"用力按好这个棉签，五分钟之后再放开。"医生提醒着夏槐。

　　"哪有 200cc，空穴来风！"威诗按着棉签走到夏槐面前，"抽血的时候，我还有点害怕！哎，你怎样？"他看到了前面已经抽过血的薛怡芭，关切地问。

　　薛怡芭没有说话，嘴里在吃着什么东西。

　　"别问了，她有贫血，在补充糖分呢！"夏槐让威诗不要再追问。薛怡芭找了一张椅子坐了下来，不知是害怕还是身体的原因，脸色仍旧是苍白的。

　　同学们陆陆续续完成了抽血的任务，围聚在一起叽叽喳喳说着刚才那一幕幕的"抽血大经历"。

　　"好了！好了！"宫老师又站到了队伍的前面，拍着手让大家安静下来，"学校食堂也为大家准备了早餐，我们现在就去补充能量！走！"

　　昨晚，咳嗽影响到了夏槐的睡眠，他与妈妈商量：是否可以在早晨上完两节课后去医院看看呢？

　　妈妈同意了。

　　到了医院，医生用听诊器听了半天，说："没事。"

　　夏槐不放心，又说自己咳嗽已经一个星期了。妈妈在旁边纠正："三四天。"

夏日槐花
XIA RI HUAI HUA

　　医生又认真地听了听，然后建议验个血、拍个片子。

　　夏槐点点头。

　　验了血，拍了片子，回到家。夏槐直接倒在床上睡起了觉，嘴里说："累了，想休息一下。"

　　转眼间就到了下午三点。夏槐感觉好多了，起了床，去了学校。

　　妈妈到医院拿到了拍的胸透片，医生看了看："没有什么大问题！可能是受到雾霾的影响，注意戴口罩就可以了。"

　　晚间，夏爸仍旧站在路口等候夏槐的晚自习下课。

　　"今天，老师告诉我们，所有高三学生都要去医院做胸透检查……"走到近处的夏槐哇啦哇啦地说起体检的事情，"我告诉宫老师，今天已经做过胸透了。宫老师说不行，这件事要跟秦主任去说。后来，我亲自去找秦主任了。秦主任让我明天将拍的片子带到学校，然后去医院时，带给医生看，这样就不用再拍片子了。"

　　爸爸做了肯定的答复："不错！你做得很好！有主见。"

　　夏槐继续着自己的话题："你想想看，胸透是什么？ X 光，那是有辐射的，是对人身体很不利的。一年做一次就可以了。如果我要做两次，那还得了……"

　　爸爸点点头。

　　"不知道我妈有没有将那个片子取回来。"夏槐有些担心。

"好像取回来了，她对我说起过这件事，医生说没问题！"爸爸接上话茬，"你的咳嗽主要还是雾霾引起的。像今天，来来往往这么多的渣土车，你需要戴口罩。"

"一次性口罩没有了，用完了。"夏槐忙解释自己没有戴口罩的原因，"现在的环境怎么这么糟糕呢？"

"我们不能改变环境，那么就适应环境，并且自己注意保护自己。"爸爸提出自己的看法。

一路上，两人又谈起了"X光"的组成和相关的知识，空阔的马路上只听到父子俩的声音，偶尔有一辆轿车从身边驶过。

路灯拉着长长的脸，照着两人的身影。

6

阳光洒在窗台上，大马路上传来了"轰隆隆"的汽车马达声。夏槐站起身来想看看，威诗劝他："看什么看，还不是那辆改装过的汽车在显摆，一定还是那个不懂事的小年轻开的车。他每天早晨都喜欢开着车飞快地在这条路上狂奔。真是幼稚哦！"

夏槐"嗯"的一声。他似乎想起了什么，拉着威诗来到了走廊上，趴在栏杆上。

"你不怕宫老师找咱们俩？"威诗左顾右盼。

夏日槐花
XIA RI HUAI HUA

"没事！他还没有来呢？"夏槐指了指楼下，宫老师的停车位上空空的。

威诗指了指校门口："他来了！你拉我来就是看他倒车的吧？"

夏槐笑了。

那辆熟悉的黑色别克小轿车"呜"的一声驶进校园，来到了停车位前，倒车，然后一个猛地急刹车，"吱"的一声大响。

"他又在玩漂移了吧？"威诗看着楼下。

"肯定是！他不是最喜欢这样的动作吗？"夏槐扶着栏杆看了看楼下那已经漂移到位的小轿车，"走吧！他要出来了。"

两人回到了教室，若无其事地看起书来。

一个上午就这样平平静静地过去了。

"来一份北京馒头！"夏槐来到食堂二楼喊了一声。窗口里递出一份馒头，夏槐找了一个僻静的地方吃了起来。

食堂共有两层，第一层张贴着"食堂就餐部"，一字排开的窗口，食物每天都是老套样。夏槐不喜欢这样一成不变的食物，所以常到二楼就餐。这里引进了许多连锁快餐铺，花样繁多，其他人也喜欢来这里就餐。

看着屋外的那棵老槐树，夏槐的思绪飞得很远很远……

"嗨！发什么呆呢？"威诗不知何时坐在了夏槐的对面，"今天没有去宫老师那里补习？或是去佳佳老师那里？"

"我一处都没去！"夏槐显得有些疲倦："午间是休息的时间，我要么在班上午休，要么就坐在这里，清净，多好！"

"这里也不清净……你看，人来人往的。我们还是去班上吧！"威诗站起身。

晚自习的铃声响起，王老师来到了班级。他手里拿着一沓试卷，站在讲台前，环顾四周片刻，说："今天我监考生物。"

夏槐从头到尾看了一遍生物试卷，做到心中有数。看完后，他内心"哎呀"一声，因为大部分的题目不会做，怎么这么难呢？他看了看威诗，威诗也正看着他，面露出难色，意思是"不会"。再看看薛怡芭——平时的学霸，今日拿着笔，嘴唇咬着笔尖，皱着眉头，始终没有下笔写题；任月宇看起来很轻松，可也是写了又擦，擦了又写，犹犹豫豫，最终也是抓耳挠腮……他的心情一下子放松了：原来大家都不会！不会做也纯属正常。

坐在前面监考的王老师头抬也没抬，一直不停地在批改着试卷。中途，他出了一趟门。

王老师前脚刚走，郜弥就小声地喊了起来："唉，吴蔡，那个第三、四题的答案是什么？"

"不会！"

"不要那么小气！"

"我真的不会。"吴蔡为了证实这点，将自己的试卷举了起来给郜弥看，上面一个字也没写。

"你呢？"吴蔡赶忙向崔尼求救。

"我也不会！一题都没有做出来。"崔尼傻笑了一下。

"怎么了？都不会？"吴蔡咬着笔头，四处张望着，看看还有谁能帮到他：薛怡芭离得太远，任月宇坐得太开。他站起身来，正准备离开座位去寻求薛怡芭的帮助。这时，王老师走了进来，吓得吴蔡"哧溜"一下回到了座位上。

夏槐定了定神，重新看了看试题，埋头思考起来。想着想着，不知怎么回事，他竟然趴在课桌上睡着了：他看到了桃花盛开的桃树林边的美丽景象，看到了那一朵朵飘落的桃花叶片上似乎有答案，可就是看不清楚，触手也摸不着。他赶紧去捡拾，可一阵春风，那些花瓣又飘逝而去……他站在河沿边，怅然若失。突然，对岸好像有人在呼喊他——

"时间到了！交卷！"夏槐猛地被惊醒，原来考试的时间到了，王老师站在前面说着话，"坐在最后一排的同学帮忙从后往前收一下试卷。"

夏槐站起来，看了看自己没有做出多少答案的试卷，摸了一下头。

万家灯火，人影攒动。

夏槐走出了学校大门，路灯眨巴着眼睛，下弦月挂在天上。前几日由于一次性口罩使用完了，回家的路上他也不敢跑步，生怕灰尘进入口腔，加重自己的咳嗽。今日，他戴好口罩，跑了起来。不一会儿就到了南方新村。远远地,他看到了三十八号电杆边那个熟悉的身影——爸爸每日准时在等候他。

等到了近处,爸爸爱抚地拉了拉夏槐的胳膊,然后帮夏槐拉好衣服拉链。

"你看,脖子露在外面,被风一吹,是会加重咳嗽的。"爸爸提醒着。

夏槐解释:"没有关系!"

两人依旧东拉西扯地说着话,慢慢地向家的方向走去。

7

晚间去宬老师那儿辅导的时间到了。

"我还是在原地方等你。"妈妈停好车对夏槐说。

"你先回去吧!"夏槐回头挥挥手。

"不回去了,来来去去又不方便。我还是坐在车子里等吧。"妈妈告诉夏槐。

夏槐折返身对坐在车子里的妈妈说:"晚上,有些不安全,你还是回去吧?"

妈妈告诉夏槐,自己会关上车门、上锁,听听音乐,等候着夏槐。夏槐见妈妈留下等的意志很坚定,也没有再劝说,只是说了一句"注意安全"就走了。

夏日槐花

XIA RI HUAI HUA

妈妈看着走远的夏槐，内心暖暖的。她打开收音机，听着那舒缓的音乐，闭上眼睛，思绪飘向远方……

"笃笃笃！"有人敲车窗玻璃。妈妈一惊，睁开眼睛，原来是夏槐。

"时间过得真快，已经二十二点了！"妈妈解开车锁。

"是呀！每次都是如此。"夏槐应和着。

街上很少有行人，偶尔有几辆汽车在马路上撕扯着嗓子呼啸而过。回到家后，夏槐放下书包，洗漱完毕，就上床休息了。

妈妈将夏槐的书包拎起，摆好。这时，一张纸片从书包里飘了出来，妈妈捡起一看，是夏槐写的一篇小文——《我人生的第一位老师》：

在人生的漫长旅途中，总会有一盏明灯照亮你前行的路，使路上的你不再孤单。迄今为止，我遇到了许许多多的老师，在他们的影响下，我成长、进步。在我这么多老师之中，我认为，母亲是我人生中的第一位老师。

记得小时候，我与母亲约定放学接我回家。可是中午便下起了大雨，直到放学，雨还是没停。

我站在校门口等待着母亲。雨越下越大，时不时地还夹杂着几声雷声。我站在雨中焦急地等待母亲的到来。雨还在下，同学们一个个地离开了学校，母亲还是没有来。天色渐渐地暗了下来，我的肚子也开始发出不满的叫声。我又很生气，认为母亲早已把我忘记了，就在我正准备快步往回走的时候，一个熟悉的身影出现了。母亲来了。只见她浑身已被雨水淋湿了，见了我露出了歉意的表情："对不起，今天加班晚了点，没想到还下了雨，我便急匆匆地过来了，结果忘带了雨伞。"

在昏黄的路灯底下，母亲骑着车带着我往家赶，可是天空好像不为这场景所感动，继续吹着狂风，下着大雨，我躲在母亲的背后，寻求一丝温暖。

到了家门口，我无意中碰到了母亲的手，突然感到刺骨的冰凉。就在这件事发生后的第二天，母亲便因高烧而卧床不起。导致她生病的原因，在我看来，是因为一个承诺，而不是恶劣的天气，可是没有想到，为了这样的一个承诺，付出了多么大的努力。

"做人要讲信用，说话要算数。"这是我小时候母亲常说的一句话。这次，她用她的行动给我诠释了承诺，不管在什么条件下都必须要实现，这句话，使我在以后的人生路上努力做一个诚实可信的人。

母亲便是我人生的第一位老师。

8

　　清晨，屋外的温度很低，夏槐准时到达学校。到了中午，气温升上来了，他想脱下校服外套，可学校有严格的规定，校服是不允许不穿的。

　　这时，威诗走了进来，额头上还渗着颗颗汗珠。

　　"你去干吗了？头上这么多汗？"夏槐指着威诗的头。

　　"没有去干吗，就是热！"威诗用手抹了一下额头，"这鬼天，是不是反常？一大早来时还拔凉拔凉的，这时却热得跟个夏天似的。开个电风扇，如何？"

　　"呼呼呼"的风吹起来。

　　威诗忽然又"啪"的一声关掉了按钮。

　　"你没有感觉吗？"他用手轻轻触了触夏槐的额头，"以为会舒服些，哪知道刚才的那一阵风刮来，让我浑身又凉飕飕的，这是要感冒的节奏啊！"

　　夏槐刚才也是一个激灵，只是碍于好朋友的面子，没好意思说出那个"冷"字。电风扇关掉了，浑身热也不是，冷也不是，就是觉得难受。

　　"哎，衣服穿多了。"夏槐有些沮丧。

　　"穿多了，脱呗！"威诗提议。

"脱校服？"夏槐反问："如果脱了校服，看宫老师怎么收拾你！"

"脱里面的衣服呀？"

"在这里脱？"夏槐手一摊，"大家都在，你敢脱吗？"

"来来来！我有一个好地方。"威诗拉着夏槐的手走出了教室。

"究竟去哪里？"夏槐极不情愿。

拐过楼梯口，向北直行，再向右一拐，到了：男厕所。

"哇！亏你想得出来。"夏槐嚷了起来，继而又竖起大拇指，"这是一个绝佳的脱衣服场所。"

走进男厕所，窸窸窣窣一阵后，夏槐将穿在里面贴身的棉毛衫脱了下来，威诗将毛线衣脱了。两人顿时觉得一阵畅快，他们哼着小曲回到教室。

上课铃声响了，这节是体育课。

两人慌不择路地将衣服搁在了椅子背上，狂奔到操场，还好！没有迟到，要不然被罚跑操场四圈。下课后，夏槐和威诗晃悠晃悠地回到了教室。

薛怡芭叉着腰拦住了夏槐，指着那搁在椅子背上的棉毛衫问："谁的？"

"我的！"

"干吗搁在我的椅子背上？"

"没有呀？我放在我的椅子背上的。"

"你再看看！"

夏槐看了看，心想："完了！我怎么将自己的衣服搁在了薛怡芭的椅子背上了呢？我明明是摆在自己座位上的呀？"

"这么臭臭的衣服，摆在我的椅子背上，怎么办？"薛怡芭不依不饶地责问着。

"这……你说怎么办吧？"夏槐只好反问了一句。

"你帮我擦干净！"

"擦干净？"

"对！"

"我的衣服又不脏，只是搁在椅子背上一会，怎么就要擦呢？而且，你让我擦什么呢？"夏槐有些纳闷。

"你的臭汗味！"薛怡芭满脸怒容。

夏槐一看她这副模样，心想：不给她擦，她会没完没了。他掏出餐巾纸在椅子背上擦来擦去，忙乎了半晌工夫。薛怡芭还不放心，又用班级打扫卫生的塑料盆端了半盆水，用湿抹布反反复复擦了好多遍。

9

前几日，高考作文专家来校传授写作技法之后，语文老师在班级上开始了一轮又一轮的作文技法训练：材料作文训练、命题作文训练……还将前几年的高考作文题全部拿出来给大伙练习练习，号称"说千遍不如写一遍"。

"这是搞什么鬼吗？我的脑袋已经被掏空了。"郜弥趴在课桌上，埋怨着。

"这不！你看我的头发都开始脱落了，这是脑细胞加速死亡的前兆呀！"吴蔡捋了捋自己的头发。

"就是就是！这样下去，我估计大家不疯也成了废人……"威诗接上话。

午间的"作文技法模拟训练"结束了，威诗拉着夏槐来到了楼底下那棵槐树底下，坐在椅子上享受着难得的清闲，"夏槐，我看你还是很逍遥自在的，没有抱怨这次马老师的'狂轰滥炸'。"

"这有什么可抱怨的？抱怨了，能不让我们训练？"夏槐捡起掉在地上的一棵枯树枝，拿在手里摇了摇。

"每次的作文写作你为什么都会信手拈来呢？有什么秘诀，教教我。"威诗羡慕地看着夏槐。

"这……"夏槐正要开口，忽然看到薛怡芭和任月宇，"哎，你们俩这是去哪里呀？"

任月宇笑了笑，薛怡芭因为上次的"棉毛衫汗臭事件"一直不太愿意靠近夏槐。任月宇指了指教师办公楼："我们刚从语文老师的办公室来！"

"去干什么了？套近乎？"威诗站起身来，"你们俩走后门，想了解这次作文竞赛的题目？"

"谁说的？"薛怡芭恼了。

"别！我只是开玩笑而已。"威诗退后一步，"不过，说句实话，你们再怎么跟老师套取信息，作文还是写不过夏槐。这小子似乎有天生的神功，每次都能得最高分。"

"我看你是在套近乎吧？"任月宇轻描淡写地说。

"还说我们套什么近乎？'己所不欲，勿施于人'，自己心里有小九九，还说别人？"薛怡芭得理不饶人。

夏槐被她俩说来说去，脸红了，站在一旁没有吭声。

任月宇打破了僵局："夏槐，你每次作文都能获得如此高的分数，秘诀是什么呢？不要保密哦！"

夏槐顿了一下，他也不知道该从哪里说起，只是告诉他们三人：自己写作文就是凭感觉，没有特别的技巧。刚开始写的时候也是采用"三段式"，但效果不明显。后来，他试着想是否可以独辟蹊径，从"反驳"的角度去举例，不按常理的思路去做一些描述。结果，老师都给了高分。

"这样的写作方法不是每个人都能灵活运用的哦！"任月宇笑了。

"是的！我也是很担心这样的文笔。因为不按常理写作，会有'游离'的现象，一旦太过偏激，就会与主题不对，那样反而连基准分都得不到。"薛怡芭眉头拧成了一股绳。

"说起来轻松呀！你的这种文笔和文风，我是学不来的。这也是需要多年的阅读积累与思维的训练哦！算了吧，我还是老老实实地按照老师的'三段式'来写吧，至少可以拿一个基准分，虽然不高，但保险。"威诗重新坐回槐树底下的椅子上。

10

有人说，你简单，世界就简单。也有人说，是复杂的世界，让原本简单的你变得复杂起来。我认为，其实繁杂之中包含着简单，而简单之中也孕育着繁杂。

正所谓大道至简，悟者天成。简单的世界是古代许多文人墨客所追求的最高境界。从诸子百家中老子的"无为而治""小国寡民"的思想与"道外无物"的追求，再到庄子对于自由生活的向往。人们一次又一次地探索世外桃源和理想国，却一次又一次失败。是否简单的世界尽可能存在于梦中？我想，拥有一颗简单的心才是使这个世界变得更简单的一种方式。

夏日槐花

XIA RI HUAI HUA

夏槐在摊开的考试卷上"唰唰唰"地写下了开头这么两段文字。他托着头，倚着墙，看着屋外已经伸展到窗台来的那棵枝干，聆听着鸟儿的鸣叫，内心涌起阵阵的涟漪。他又埋头继续写了下去："随着时代的发展与社会的进步，社会变得更为复杂化、多元化……"

考试终于结束了，夏槐按时交了试卷，对于这次的考试，他信心十足。当威诗问时，他神采飞扬："一定能得到一个满意的分数，这次写得得心应手，自己十分满意！"

"你越来越自信了！"威诗拍了拍夏槐的肩膀，也为好朋友感到高兴。

"考都考过了，不要再议论这件事了，可以吗？"崔尼不知何时站在两人的身边，"告诉你们，许多人都去吴蔡那里理发去了。你们俩去吗？"

"理发？为什么理发？"夏槐有些不解。

"省钱呀？"崔尼笑着说："他们几个都是住校生，自己给自己理发，不是节省了一笔开支吗？"

"他们又不是理发师，怎么会理发呢？"威诗很纳闷。

"这个我就不知道了，薛怡芭、任月宇也凑热闹去了。你们去还是不去？……算了，反正我是去的了！"崔尼不等回答自行走了。

"去？还是不去？"夏槐开口问。

"去！为什么不去？"威诗态度非常坚决，"不就是去凑个热闹吗？走！"

绕过食堂，转过西边一堵围墙的一座小门，进入了住校生的宿舍区。阳光洒在院子里，亮堂极了。加上那爬满宿舍楼墙壁的爬山虎和种植的一排排的桃花树、椿树，显得生机盎然。宿舍内挤满了人。吴蔡的胸前围着一块白色的围裙，手里拿着两把剪刀，与理发店里的剪刀一模一样，椅子上坐着的是薛怡芭。随着吴蔡手起"咔嚓咔嚓"几声响，薛怡芭额头刘海的几缕头发飘落了下来。

"哎，薛怡芭，吴蔡帮你剪的这几刀还真不错，你额前本来乱七八糟的头发变得整齐多了！"任月宇竖着大拇指直夸吴蔡的手艺好。

"简单就好！"夏槐忍不住喊了一句。

吴蔡抬头看了看，招呼着："夏槐，来，我帮你修修你额头前的头发。如何？"

"可以呀！"夏槐坐在了薛怡芭刚离开的椅子上。

吴蔡将夏槐的头前前后后观察了多次，站直了身体，两把剪刀"啪啪啪"地敲击了几下，接着便是"咔嚓咔嚓"的声音再次响起……

"好了！"随着吴蔡的一声喊叫，夏槐的头发理好了。

"如何？"夏槐对着威诗、任月宇等人的面询问着。

"我个人觉得还不错，比薛怡芭刚才理的要更好一些。"任月宇做了一个比较。

"你说！"夏槐想听听威诗的评论。

"吴蔡帮你理的这个发型，我实在不敢恭维，不过也不是很丑。过得去！"威诗歪着头看了半天，"就是简单了些！"

"简单就好！"夏槐内心感到一阵轻松。回到家，对着镜子，他看了看吴蔡理的头发，哑然失笑：原来，吴蔡帮自己剪的头发，如同帮女生剪的刘海一般，横着就是一刀。

难怪威诗说"就是简单了些"。

11

宫昶老师：您好！本周六下午三点在学校老报告厅召开家长会，请您参加，谢谢！

宫昶老师：您好！明天下午三点在学校老报告厅召开家长会，请您准时参加。谢谢！

宫昶老师：您好！请您今天下午三点准时到学校老报告厅参加家长会，谢谢！

一连三天的短信通知，看得出此次家长会的重要性。

"你们俩谁去参加家长会？"早晨起床后，夏槐问爸爸和妈妈。

"我去，因为你爸有事。"妈妈笑着说。

"好的！不要忘记时间哦！"夏槐背着书包去学校了。

三点整。老报告厅。

"各位家长，今日家长会分两场：第一场是1、2、3、6班，第二场是4、5、7、8、9班。现在是第一场。第二场的家长请耐心等待。"广播里传来通知。

夏妈进入会场，看到夏槐他们已经端端正正地坐在了会场上，每位家长找到自家孩子的位置，坐在旁边。主席台正中坐的是学校的副校长，主持人是教导主任。教导主任首先宣读了本次会议的流程，然后是挨个进行，最后是校长讲话，大致意思：要求家长配合孩子们，这最后的几十天的时间，多多关注，多多鼓励，让孩子们能够取得优异的成绩。临了，教导主任宣读了学校的一个决定：为了弥补许多孩子学习上的不足，学校给每个班五个名额，称之为"临界生"，学校配备教师给这些孩子单独进行补习，提高整体"达本率"。"临界生"补习方法是每天自己申报一个问题，然后在晚自习的最后一节课，由专职教师进行免费的"一对一"的辅导。

家长们掌声一片，对这样的决定表示了绝对的欢迎。

"这是什么政策？"夏槐走出老报告厅，有些不满。

"咋了？这不是挺好的吗？学校考虑事情还是很周全的。我表示支持！"妈妈不解地看着夏槐。

"好什么好？你看看，这次的'临界生'都是什么样的人。学校要求是在班级后五名或后十名的人。而我们班不是。"夏槐提出了异议。

妈妈没有听明白。

"就比如我吧，我是班级前十名的，结果也被排在了'临界生'的行列，数学课代表在班级是第二名，居然也在这份名单中。还有，还有那个第一名的女生居然也在这个行列中，我都不知道宫老师是怎么想的？"夏槐边说边喷着怨气。

"这还不简单，这明摆着是将你们几个认真、专心的人再提升提升。"妈妈说了自己的理解。

"真的吗？"夏槐怀疑这样的想法。

"你是'临界生'，宫老师想让你的'薄弱'学科再补习补习，这不是好事吗？我觉得应该感谢老师给予你的机会，不是吗？"妈妈进一步说出了自己的看法。

夏槐没有说话，似乎也认可了这样的做法。

晚饭时间到了。

威诗近期由于腿疾，无法去食堂吃饭。"我帮你去打饭吧？"威诗拿出饭卡递给了夏槐。

夏槐到了食堂，首先排队帮威诗打饭。不久，饭端在了手上，夏槐快步向教室走去。半途，他忽然想起什么，左右口袋一摸，咦？威诗的饭卡呢？找了好几遍，口袋中都没有。他急了，赶紧循着原路返回。

一路上，夏槐低着头，寻找着饭卡的踪迹，一直走到食堂门口，都没有看见。他又询问了从食堂走出来的几位同学，大家都摇头说没有看到。无奈之下，他跑到刚打饭的窗口，向食堂的师傅咨询是否看到饭卡，也被否认了。

夏槐端着饭，很是无奈地站在食堂的台阶上，内心充满了郁闷。他摸了摸自己的口袋，有一硬物，掏出一看，是自己的饭卡，可惜上面已经没有钱了。

夏槐连忙向正要回班级的郜弥、吴蔡、崔尼等人借了二十元钱，匆匆跑向饭卡充值点。他向值班老师说明情况后，报了威诗的名字，查阅到还有剩余二十元钱，又递上刚借来的二十元钱充了值。

夏槐拿着新卡，内心稍稍有些平静，端着饭碗回到了教室。他将饭递给了威诗，说明丢卡的事情，并且告知已经充了值，重新认领了一张新卡。威诗坚决不要夏槐充值的卡，并且要掏出二十元钱还给夏槐。

"这是我该做的，谁叫我将你的饭卡丢了呢？"夏槐态度很坚决。

"咕噜噜！"夏槐的肚子突然响了起来，他这才意识到自己还没有吃饭。于是，他又冲出教室，食堂此时已经关门，夏槐饿着肚子回了教室。

华灯初上。

宫老师走进教室，拿出周练的试卷，发了下去。夏槐的肚子一直在"咕咕"地叫着，这影响了他的情绪，加上他总是在思考饭卡为何会丢？究竟丢在哪里？自己为什么那么不小心？

考试试卷在夏槐的眼前就如同那匆匆跑来跑去的脚步，搅得他心烦意乱。他定了定神，甩了甩头，深呼一口气，静下心来做题。这时，肚子又"咕噜咕噜"地叫唤起来，思绪再一次被搅乱了。

这场考试的结局可想而知。

12

"哎，宫老师关于'临界生'究竟是怎么安排的？"吴蔡口气有些不满。

"怎么了？"夏槐抬头看了看吴蔡。

"那天开家长会时，教导主任不是说得清清楚楚、明明白白的吗？还信誓旦旦地说'临界生'给真正需要的人，结果，你看我们班，弄成什么了？"吴蔡两手一摊。

"是的！我也是觉得似乎有一些不妥当。我们班给的名额除了我之外，似乎其他几个名额都不是'临界生'，而是一直在班级排名在前的。"夏槐应答着。

"这也叫'临界'？这纯粹是乱七八糟的'灵界'。"吴蔡气呼呼地，"原以为这次我可以好好地补一补，结果没有。"

夏槐没有再说什么。

"这些名额居然给了薛怡芭、任月宇这类的人。她们真的需要吗？"吴蔡吼了起来。

"那你自己好好努力呗！"夏槐安慰了起来。

"我不管，我一定要去问。"吴蔡显得有些激动。

"你不管，他也不会管你的。"夏槐提醒，"宫老师不就是那样的人吗？"

吴蔡气呼呼地走出教室门，在门口正好遇到郜弥、崔尼，还有威诗，得知吴蔡要去宫老师办公室评评理，他们支持，跟在吴蔡身后去了。

过了一会，宫老师的办公室传出一阵阵的吵闹声，也不知是谁的声音。不一会儿，宫老师脸色难看地来到班级，招呼全班人坐下，情绪也异常的激动："这次的'临界生'名额是我做主的。我个人觉得有些同学补习的作用不是很大，这样的机会就应该给那些能向上冲一冲的人……"

这一番话说得坐在座位上的吴蔡、郜弥等人无话可说，气愤的情绪只能咽在肚子里。

消停了一阵子后，夏槐也找到了宫老师，向他表明了自己选课的立场："我想补习生物。"

"不行！"宫老师一口就否定掉了。

"我生物有些不足。"

"不行！没有商量的余地。"宫老师再次否决了。

"为什么呢？"

"不为什么，我已经安排好了，你要补习语文，名单我已经报上去了。"宫老师拿出安排表递给了夏槐。

夏槐看了看表格上已经填写了每一个"临界生"要补习的科目，"夏槐"一栏中填写的是"语文"学科。

"哎，佳佳老师已经给我辅导了，为什么还要给我找一个老师补习呢？"夏槐的内心一百个不愿意，可嘴上却说："老师，语文我最近学的还可以，能否……"

"不行，就这么定了。"宫老师拿过安排表。

夏槐看宫老师的神色，知道没有再讨论的必要。他回到了教室，威诗走了过来，又聊起了"临界生"的事情。

"不要聊了。我想补习生物，他不给我补，非得要我去补习语文。"夏槐满腹牢骚。

"看来，补有补的烦恼，没有补的人也有解不开的怨恨，哎！上学，真是一件苦差事。"威诗回到自己的座位。

13

　　宫昶老师一番关于"临界生"选科目的事情让夏槐不知所措：语文并非是自己的弱项。即使是弱项，佳佳老师也在给自己辅导了，效果还是非常不错的，特别是作文和阅读的训练已经稍有起色。如果再来一个语文老师辅导，那岂不是重复"劳作"？

　　夏槐跟爸爸说起了这件事，并且谈了自己的想法：想补习生物。

　　"原因是什么？"爸爸问。

　　"生怕自己这科有滑落的嫌疑……"夏槐吞吞吐吐。

　　"原因究竟是什么？"爸爸问了同样的问题。

　　"……"夏槐支支吾吾的，"平时上课我自认为会了，所以没有好好听。有时还会……"夏槐又是一次的吞吞吐吐。

　　"还会什么呢？"爸爸还是追问。

　　夏槐看了看爸爸的脸色，说了实情："有时上课不认真，吃点东西，困了的时候，还会打个盹。生物学得不扎实、不牢靠。"

　　"哦！你这是自己的原因了，并非是老师的原因。我还以为你生物不稳定是老师没有将知识讲清楚。"爸爸停下了脚步，很严肃地说："即使不能去补习生物，那也要自己引起重视，千万不能再像以前那样，自己耽误自己。"

夏槐还想找理由，但又不知道该说什么。

教室内，"临界生"们围聚在一起叽叽喳喳地谈论着即将补习的科目，有的喜上眉梢，有的唉声叹气，有的默不作声，有的心不在焉。

"你如何？"任月宇站在夏槐的面前。

"语文。"夏槐有气无力地说。

"唉，你的语文挺好的，每次考试作文分数都是全班第一，还要去补习？岂不是浪费时间吗？"任月宇忙不迭地说。

"我也知道，可是……可是宫老师不知什么原因，非得让我去补习语文。"夏槐无可奈何。

"是不是你得罪了他？"

"怎么可能？都到了这个关键时刻，我还得罪他，那不是自找麻烦吗？"

"那是什么原因呢？我想想……"任月宇抓了抓后脑勺，"有了，是不是语文老师指定要你去的呢？"

"那更不可能。"夏槐摇了摇头，"你又不是不知道，辅导的语文老师对我又不了解，凭什么拖我去呢？"

任月宇点点头："那……"

"算了，我也不追究是什么原因。只是……只是我真的不愿意去补习语文。倒是生物，我觉得有些薄弱。"夏槐喃喃地说。

"会不会是你得罪了生物老师，他不肯收你的缘故呢？"任月宇提醒着，"上次上生物课时，生物老师还逮到你不专心听课、吃零食的呢！"

夏槐看了看任月宇，没有说话，那次的情形历历在目。生物老师一直比较看中自己，倒是自己没有认真学习这门功课，让老师有些失望。

14

夏槐和威诗走在马路边的人行道上，边说边笑。猛然间，夏槐回头看到一位男子：身穿一套黑色、笔挺的西装和西裤，脖子上系了一根蓝色条纹状的领带，脚穿一双锃亮锃亮的皮鞋。男子手里拎着一个别致的黑色公文包，胸前的口袋里塞了一小块手帕巾，脚步急匆匆地向 201 公交站台走去。

夏槐两眼瞪得直直的。

"哎，走了！看啥呢？"威诗捅了捅夏槐的胳膊。

"哎，你看！你看！"夏槐指着远去的那位男子的身影说。

"不就是一个人吗？有什么好看的？"威诗不以为然。

夏槐转过脸，看了看威诗。

威诗被他看得内心有些发毛，用手摸了摸夏槐的额头："还好！没有发烧！"

"去你的，我没有生病。"夏槐轻笑了一声，"刚才过去的那个男子，气派不气派？"

威诗这才向远去的那位男子张望了一下，嘴里"嗯嗯"地哼了几声。

"我以后也要像那位男子一样，穿一套西装，当然也要戴一条精致、好看的领带。"夏槐边说边比画着、装模作样地在自己的脖子间系了一下，惹得威诗笑了起来。

夏槐问威诗有没有关注到宫老师的装扮？威诗摇了摇头。夏槐告诉威诗：宫老师每天都是西装革履的，从来没见他穿旅游鞋，都是穿皮鞋。

"你受他的影响了吧？"威诗乐了。

"我没有受他影响。"夏槐不承认。

"我今年暑假一定要买一套西装穿穿。"看着路边的那一棵棵槐树，夏槐动情地说。

"干吗要到暑假呢？"威诗提出了疑问。

"大考在即，我不会考虑这些事。"夏槐摘了槐树的一片叶子，闻着那淡淡的花草香味，顿觉神清气爽，"到了暑期，我要买一套黑色的西装、西裤，再配上一双好看的皮鞋，最好还要有一块像样的手表戴在手腕上。嗯……上衣口袋里要插上两只钢笔，这样才有派头。"

"手里再拽着一个拉杆箱！"威诗在一旁帮腔。

"拉杆箱就算了，那样不配。"夏槐笑起来了，威诗也笑了。两人的笑声惊动了栖息在槐树上的那两只鸟儿，它们扑棱着翅膀飞向了高空。

时间一晃到了傍晚时分，夕阳斜斜地照着校园的林荫道，金灿灿的一片。

"丁零零——"手机响了起来，妈妈赶紧接电话。

"喂，我是夏槐，你在哪里？"电话那头传来了柔和的声音。

"我在家呀。"

"你怎么还没有来值班呢？"夏槐语气有些责怪。

"哦！我马上过去。"妈妈急促地答应着。

妈妈匆匆忙忙拎着自己的背包，取出车钥匙，走出了家门。班级实行"临界生"辅导计划后，学校号召全体家长协助学校管理晚自习工作，实施轮班制——也就是参加辅导的学生家长到校看班，一天一人。今天，轮到夏妈。

"你来了！感谢你支持我们的工作。"宫老师热情地接待了夏妈，"今天，夏槐补习去了，麻烦您看班了。"

"应该的！应该的！"夏妈露着笑容，"那……我去班上了。"

"没有关系，还有一会时间。您请坐。"宫老师指了指靠墙的沙发，"我还想跟你聊聊夏槐近期的学习状况。"

夏妈很感兴趣，坐了下来。

"夏槐这个孩子，很聪明，就是不太认真，专注度也不够。我从教室的门口经过，他都会歪着头看着我，无论是上课还是自习，都是这样。"宫老师推了推鼻梁上的眼镜。

"嗯！"夏妈点头附和着。

"座位也给他换了，主要是上次将衣服脱下扔在了薛怡芭的椅子背上，两人发生了矛盾……"宫老师笑着说。

夏妈也笑了。

宫老师说起本次数学辅导时发生的一个小插曲：做一张完整的数学卷，夏槐对于最后两题看也没看就直接上交了："如果是大考，最后两题不是很难，自己主动放弃了，岂不可惜。他还是对自己不自信，也是马虎、不专心的一种表现。"

"让您费心了！麻烦您再跟他好好说说。"夏妈脸色显得有些紧张。

"没关系，我跟他谈过了。他对自己要求不是很高，字写得也有些糟糕。到了大考，字迹不端正、不工整是会吃亏的。"宫老师取出了夏槐的试卷递给夏妈。

卷面很乱，字也是歪七八扭的。

交流持续了半个多小时。

夏妈来到了班级，坐在座位上开始看班。

夏槐悄悄地回头看了一眼妈妈，又闷头看起书、写起作业。

不一会儿，他去参加辅导了。

夏妈静静地陪护着这一群孩子。当晚自习下课的铃声响起时，她在"值日本"上郑重地签上了自己的名字，并写下"孩子们都很认真，班级很安静"的语句，随着人流走出了学校大门。

15

到家后，夏槐感觉肚子不舒服，疼痛难忍。他以为是受凉了，所以也没有太过在意，取出暖贴贴在了肚子上，对进门的爸爸说："我的肚子很疼！有上吐下泻的感觉。"

爸爸关切地问这问那，谈话还没有结束，夏槐又转身进了卫生间。待了一会儿，夏槐走出卫生间，回到床上。他对爸爸说自己拉肚子，感觉好些了。妈妈关切地说："孩子，今晚睡觉，你的房门不要关，有什么事情，记得喊我们哦！"

大家各自休息。

半夜，夏槐感觉肚子里"叽里咕噜"地一阵乱叫，还伴有阵阵的绞痛。他坐了起来，浑身感觉难受极了。无奈之下，他又下床去了趟卫生间。

春天的半夜，气温有些凉。夏槐坐在马桶上，身体也感受到阵阵的寒意。过了一会，他觉得好些了，又回到了床上。

"孩子，怎么了？"妈妈的声音传了过来。

"没事！就是肚子疼，我去了趟卫生间，好多了。"夏槐应答着，他不想影响父母的休息。他躺在床上一直睡不着，不是不愿意睡，而是肚子那阵阵地疼，搅乱了他的睡意。他只能闭着眼睛，默默地等待着疼痛的消失。不知不觉中，夏槐睡着了。

"哎哟！"轻轻的一声呻吟，夏槐又醒了。他摸了摸肚子，冰冷的，那隐隐的痛又袭来了，似乎又要拉肚子。他赶忙坐了起来，又去了趟卫生间。

这次的疼痛没有前两次的厉害。

折腾了一夜，天终于慢慢地亮了。

夏槐告诉妈妈自己的疼痛，妈妈建议等到医生上班时间去看一下。

八点钟。医院。

"医生，他昨晚拉肚子有三次，有上吐下泻的症状。"夏妈叙述着夏槐的病情。

医生让夏槐躺在诊床上，用听诊器左听听、右听听，说了自己的感觉："没有什么大碍，有可能是受了风寒，或者是吃了不干净的东西。"

"他昨日在学校吃了不干净的食物。"夏妈赶紧解释。

"嗯。这样看来，有点像食物中毒的症状。这样，先做个皮试，然后我再开点药，治一治。"医生建议道。

二十多分钟后，皮试结果没问题。医生开始提笔开药。

"医生，他有过敏史，属于过敏性体质，对青霉素类、头孢类药物有过敏……"夏妈还是提醒了医生。

"那……那开什么药呢？"思来想去，医生开了"蒙脱石散"，另外还配了几包药。

夏槐吃了医生开的药，躺在房间的床上休息了半天，下午继续赶到学校上课去了。因为放假，今日到学校的学生都是参加宫老师"开小灶"辅导的。辅导课结束时，夏槐感到身体又有些不适，他来到传达室，拨通了妈妈的电话。

"我的身体有些痒，不知道怎么回事？"

"药吃了吗？"

"吃了！"

"应该没有关系吧？"

"哦！那……要不要去医院看看呢？"夏槐有些焦急。

"你觉得有必要就去。不过，我个人觉得问题不大，因为已经给你配了药，还没有到三天。再去，医生也不知道怎么跟你说，只会说：观察观察，要不就又给你再开些药。"

回到家，夏槐拿起病历单又去了趟医院。

"哎，你这身上是怎么回事？"医生惊讶地问。

"我就是觉得痒呀？"

"让我看看其他部位。"医生连忙掀起夏槐的上衣，吓了一跳，"你这是吃了什么药？"

"我昨日肚子疼，又是上吐下泻的。医生配了一些药给我，除了蒙脱石散之外，还有一些其他的抗生素类。"夏槐一五一十地说了。

"你的病历上不是写了'青霉素类过敏'，怎么还开了这些抗生素类的药呢？"医生指了指病历上的字迹问。

"我们做了皮试，好像没有问题。医生就开了，还说这样好得快。"夏槐嘟囔着。

"开玩笑嘛！"医生的口气开始生硬了，"你赶快去查血常规，然后去打一针阻止过敏性的针剂。"

夏槐立刻去查了血常规，有几个项目超标。医生开了处方，打了一针防过敏的针剂。

"你幸亏来得及时，否则后果不可想象。"医生看着夏槐身上的那些小红点慢慢地消退，说话的语气也开始缓和了，"我重新开药给你，回家慢慢调养。"

回到家后，为了慎重起见，夏槐没有吃这些药，而是一个一个地查看这些药治疗的范围和副作用。看着看着，他的内心一阵寒气涌起：这些药中有一些药似乎与过敏性体质相悖，对身体有副作用。怎么办呢？

妈妈回到家后，看到夏槐的脸上红扑扑的，耳朵根后面也有一些未消减的红色小点，胳膊上还有红色的抓挠痕迹。

　　"你明明知道这些药会引起我过敏，为什么不阻止我吃呢？我电话给你，你还说没问题。现在，你看——"夏槐生气地边说边捋起了袖子，脸上的表情不轻松。

　　妈妈连忙赔不是："我也不知道会是这样的结果。做皮试也没什么问题，连护士都说可以吃。谁知道你的体质这么敏感。还算好，你自己及时处理了……"

　　夏槐取出刚开的药，妈妈看了这些药后，坚决不同意再让夏槐服用。

　　"全部扔掉！"夏槐生气地将开的药扔在了茶几上，"看来，药，不能乱吃。"

　　"是呀！其实，从小到大，你因为过敏体质，几乎没有怎么使用过抗生素类的药。但，今天使用的情况是一个警告，以后使用药需要慎重。"爸爸站在一旁补充道。

第五章　焦　虑

1

"我说的是什么？你能不能回答我呢？"

"我没有听清楚你说什么呀！"

"你怎么不认真听呢？"

"我哪知道你要我听呢。"

"我就知道你不关注这些。"

"不是！我一直都关注你说的话呀！"

"那你说我刚才说的是什么！"

"我……"

"就知道你不关心、不关注，还口口声声说关心、关注。"

……………

夏槐一回到家，就跟妈妈吵了起来。

爸爸坐在书房听着传入耳膜的两人话语，满脸怒气，瞪着夏槐。

夏槐看了看爸爸，说："你说，她对不对？"

"你们俩说话都要好好的。夏槐，你刚才问你妈妈的话有些不明不白，你让她说什么呢？"爸爸替妈妈打起了圆场。

"我说的是学习，我都没有泄气，她反而泄气了，你说这是什么道理？"夏槐不依不饶地说。

"你妈妈好像啥也没有说呀？"爸爸有些茫然。

"她没说，可她的意思就是这个。"夏槐有些强词夺理了。

"我没有。你回来，我只问了一句：今天还好吧？"妈妈解释。

"你天天问我还好吧，是什么意思？不就是不放心我吗？生怕我退步？生怕我考试考不好……"夏槐又是一阵"劈里啪啦"的话语。

"我真的没有，怎么就跟你说不清呢？"妈妈有些着急了，"看样子，你回来，我还不能跟你说话了，也不能问你话了？"

"对！你就是不能问我这，问我那，烦不烦呢？"夏槐脱下还背在肩膀上的书包，重重地扔在沙发上，自个儿回屋去了。

夏日槐花
XIA RI HUAI HUA

　　时间一分一秒地过去了。

　　妈妈朝夏槐的卧室探了一下头，看看他正在做什么，爸爸连忙拉回了她。

　　"夏槐，你在干吗呢？"爸爸坐在书房高声问："时间也不早了，能不能洗洗澡，早些休息呢？"

　　"好的！"只听到应答的声音，没有听到脚步出来的声音。

　　过了几分钟，爸爸又喊了一声："夏槐，快哦，时间不早了！"

　　"好的！"仍旧是应答声传来，没有见到人走出卧室。

　　爸爸站起身，走进夏槐的卧室，只见夏槐横躺在床上，双手拿着《计算机报》在翻阅着，装着生气的口吻说："你看，你刚才对你妈说了一通，还冤枉她说你这个，说你那个，结果你自己都没有安排好。"

　　"我马上来！"夏槐坐了起来。

　　"要赶快，不要马上来。你这匹'马'有些慢，要快！"爸爸笑了。

　　过了几分钟，夏槐踩着拖鞋"啪嗒啪嗒"地走进淋浴间，"哗啦哗啦"的水声传了出来。片刻，澡洗好了，夏槐拿起电吹风"呼呼呼"地吹起头发。一切停当，夏槐走进了书房，坐在了椅子上。

　　"有事？"爸爸抬起头，好奇地问。

"你说……"夏槐停顿了下，摸了摸头，"你说我是不是很笨？"

"怎么突然说起这个话题？"爸爸有些不解。

"最近上课我始终听不进去，做作业的时候也是错误很多，突然间觉得自己什么都不会了……"夏槐眉头皱皱的。

"嗯，是个问题！"爸爸轻言道。

"我觉得可能不能考到满意的分数。那样的话，大家会对我失望的。你看，爷爷、奶奶、伯伯、姑姑，还有你的好朋友们都在关注着我……假如……"夏槐近乎自言自语。

"停！"爸爸制止了夏槐的话语。

夏槐愣愣地看着爸爸。

"我说说自己的看法，可以吗？"爸爸提出建议。

夏槐点了点头。

"我觉得你最近有些紧张了。"

"紧张"两个字一说出来，爸爸看到夏槐身子有微微的一振。

"临近高考，紧张是正常的。我也问了好朋友，他们即将参加高考的孩子的心情是怎样的？他们告诉我：紧张。"爸爸说出自己观察到的实际情况。

夏槐没有插嘴。

"为什么紧张？"爸爸停顿了片刻，"因为你，还有那些孩子都是要强的人，生怕自己在最终的一搏中失手，对吧？"

夏槐点点头。

"紧张好不好呢？"爸爸继续说自己的理解，"我个人觉得稍稍紧张对自己是有利的，为什么呢？因为人一旦紧张，就会全身心地投入。但，记住：千万不能让自己过度紧张，那样会适得其反，会慌了手脚，也就是我们平时所说的慌了神，形成'六神无主'的状态。"

"也许，我不是紧张。我做题的时候发现自己许多题都不会做了，这是怎么回事呢？这也是紧张吗？这明明是不会做了呀！"夏槐说出了自己的困惑。

"你们的一模、二模、三模都经历过了，现在是冲刺阶段。每个人都在系统地复习，大量地做题。遇到许多题目不会做，我觉得也是正常。"爸爸喝了一口水，"你会的题，基本上都已经不再触碰。现在遇到的肯定都是你没有做过的，如果将全部的心思放在分析、解决题目上……"

"你说错了，我整天都是埋头在做题，很用心的，没有'如果'。"夏槐不服气地说。

"你看，你回来的表现足以说明心思不完全在做题上，而是分了许多心思到思考自己会不会考好、会不会考不出来等等这些问题上，也就是分心了。"爸爸指出夏槐的"问题"所在，"这样一来，你做题时，不是全身心投入，也就'一心二用，了。"

夏槐沉默了半晌。

"既然紧张对自己没有益处，那为什么要紧张呢？所以，最重要的还是要放松心情，放下包袱，集中注意力去做自己应该做的。那些所谓担心的问题，我觉得都是杞人忧天，多虑了。"爸爸不遗余力地开导着。

"也许吧！"夏槐站起身。

"你要记住，没有过不去的坎。"爸爸也站起身，拍了拍夏槐的肩膀，"我们要把握机会，注重过程，用心、尽力就可以。如果做到了这些，结果不令人满意，那也不会有遗憾，你说呢！"

夏槐若有所思地回到卧室。

2

"嘀嘀嘀——嘀嘀嘀——"闹钟不紧不慢地响了起来，催促着夏槐早些起床。

"孩子，赶快起床哦！"妈妈轻轻拍了拍还在被窝里的夏槐。

夏槐一骨碌起床了，脸色不是很好看，显得很是疲惫。他睁着睡意蒙眬的眼睛说："我昨晚一夜未眠！"

“咋了？”妈妈惊讶地看着夏槐。

“你们没有听到我半夜经常起来吗？”夏槐来到洗漱台前，看着自己状态不好的脸庞，“昨天晚上，我想了很多很多……”

这时，爸爸走了过来，笑着问：“想出什么结果了吗？”

“没有！我就是睡不着。”夏槐边刷牙边说。等洗漱结束后，他坐在客厅的沙发上，摸了摸自己的头，说：“我有偏头疼，而且鼻子好像也不通，是不是跟爸爸一样有鼻窦炎呢？”

妈妈没有表态，招呼夏槐赶紧吃早餐。

“要不，我今天请个假，去查查？”夏槐提出建议。

“没有什么大不了的事情，就是睡眠不好而已，好好休息就行了。”妈妈不以为然。

夏槐噘着嘴，显得很不高兴，边吃早餐边嘟囔着。

“你要是实在对自己不放心，那就去检查一下。”妈妈看夏槐心事重重，同意了。

跟宫老师请了半天的假，夏槐随妈妈一起去了医院。排队、挂号、就诊、填表，最终来到了 CT 室——夏槐想要查一查自己是否患有鼻窦炎。

“23 号夏槐请到 6 号室！”电子显示屏上出现名字的同时，也有语音提醒。

夏槐走进 6 号室，躺在 CT 机上，随着“呜呜呜”的轻微声音，CT 机开始了运作，那一圈圈的扫描有序地进行着。

"好了！"医生通过传感器告知夏槐，检查已经结束。

"有没有什么毛病？"走下 CT 机的夏槐没有忘记向医生咨询检查的初步结果。

"你有轻微的鼻窦炎！"医生轻描淡写地说了一句。

来到室外，夏槐告诉妈妈初步的诊断结果，还不忘说上一句："我就说有鼻窦炎吧，要不然怎么有偏头疼呢？"

时间还早，妈妈开车子送夏槐去了学校。夏槐反复叮嘱妈妈："你下午去取一下片子，问问医生最终的诊断结果哦！"

妈妈点了点头。

夏槐走在校园的林荫道上。此时的槐花树长得越发茂盛，那一阵阵树叶的清香飘入夏槐的鼻翼，他忍不住猛吸了两口。教室方向传来了阵阵的朗读声，夏槐加快了脚步。

这节课是宫老师的课，他正神情专注地讲解着一道道题目，黑板上写满了运算的公式和一步步的计算程序。

"报告！"夏槐站在门口喊道。宫老师看了一眼夏槐，示意他赶紧回座位、听课。

夏槐放下书包，可没有地方放，因为抽屉里塞满了一些学案，椅子太小，自己坐下后，就已经没有空间放书包。课桌的右手边的挂钩上挂了一个塑料袋，里面装满了碎纸屑。无奈之下，夏槐只好将书包先搁在地面，等下课之后再放到教室后面专属的隔断内。

夏日槐花
XIA RI HUAI HUA

"夏槐，你早上去哪里了？"下课时，威诗走了过来，关切地问。

"去医院做了一个 CT 检查。"

"咋了？还这么兴师动众？"

"我有偏头疼的现象，查查看是否有鼻窦炎。"

"你怎么知道这些的呢？"

"我爸就有这个毛病，我担心是否有遗传。"夏槐指了指自己的鼻子。

"这个会有什么影响呢？"

"影响可大了！我跟你说：鼻窦炎如果发作，会发生偏头疼，而且记忆力会下降，甚至会记不住所学的知识。"夏槐越说越严肃。

"嗯，是要引起注意哦！"威诗情不自禁地摸了摸鼻子。

"夏槐，来！到我办公室！"宫老师从他俩身边走了过去。

夏槐愣了一下，看了看威诗，轻声问："喊我去做什么？"

威诗一脸茫然，轻轻地推了夏槐一下，同样轻声地说："赶紧，不然宫老师又要吼了。"

宫老师泡了一杯茶，不紧不慢地说："你最近学习上有些乱！"

"没有呀！"夏槐觉得自己没有乱，"你上课的每一道题、每一个注意点我都记得好好的呢！还有，我一直在分类、分层复习，不乱呀！"

宫老师看着夏槐一脸无辜的样子，继续说："乱，是表现在自己的行为上的。你看不出来吗？"

夏槐低头看了看自己的装束，心里想：不乱呀？我穿得挺整洁的。

"不要低头找，我不是说你的穿着！"宫老师打断了夏槐的思绪。

"被我猜着了！那是说我哪里乱呢？"夏槐心里打起了小鼓。

"你最近有两大乱，真看不出来？"宫老师不急于说出答案。

夏槐还是不知。

"你的课桌隔断……"

哦！隔断。对对对，前一段时间自己整理过一次，各种书籍、簿本摆放得整整齐齐，最近自己心情有些急躁，懒得打理，任何东西都是随意地往里面一塞。嗯，有点乱。

"还有你的抽屉。什么乱七八糟的东西都有。"宫老师说到这里，脸上的表情有些难看了，"说你吧，前一段时间还带了个小碗碟，敲敲打打，还泡什么咖啡喝。这几天，又带了乱七八糟的东西来吃……"

"老师，我没有带乱七八糟的东西，就是带了点水果，补充补充营养的……"夏槐辩解起来。

"学校不是规定不准带水果吗？"宫老师昂着头严肃地说："再说了，带水果来吃也可以，可是你吃剩下的果核扔哪里去了？"

夏槐心里一凉：妈呀，这他也看到了？吃剩下的果核暂时扔在抽屉里，时间稍稍一长，自己就忘记扔垃圾桶里。

"还有，你那么多试卷，一张又一张，难道就不能好好地整理一下？就知道往抽屉里一塞，满满当当地全当成了垃圾。"宫老师摇了摇头，"这样的学习环境不影响你的学习状态？你最近心静不下来，跟这些都有关，太随意了！"

宫老师的每一句话、每一个字都"嗡嗡嗡"地钻入了夏槐的耳朵里。他只觉得自己的头又疼起来，心情也焦虑起来。

"没有一个好的学习状态，再怎么做题也是无济于事的。"宫老师看了看低着头的夏槐，"好了，我希望你能引起注意。马上去教室，整理一下自己的隔断、抽屉，不要让这些'乱'影响了你的学习效率。"

夏槐转身走出办公室，威诗迎了上来，问这问那，夏槐一句话也不说，只是觉得内心一阵阵的慌乱。

3

　　夏妈去医院取回了 CT 片的诊断报告，上面标明"有轻微鼻窦炎的前兆"。晚上，夏槐回到家的第一件事就是问有没有取回 CT 片诊断报告？具体是什么情况？妈妈也将单子给了夏槐。

　　"我说的嘛！你看看，是不是有鼻窦炎？"夏槐将单子重新递给了妈妈。

　　"上面写的是有'前兆'，还没有真正地形成。不过，这也给我们一个警示，你的鼻子要好好保护，不能有感冒。要是有感冒也要及时地进行治疗，否则还是有麻烦的。"妈妈为了不引起夏槐内心的焦虑，轻描淡写地说。

　　"那要怎么注意呢？"夏槐仍旧不放心。

　　"要休息好，防止感冒。还有一些辛辣、刺激性的食物要少吃，防止……"妈妈说了一串注意事项，总的意思就是要"防止"。

　　夏槐躺在床上，突然想起了什么，说："最近一段时间，我的语文成绩滑得比较厉害，是不是该补习补习了？"

　　妈妈问夏槐具体的想法是什么？夏槐说起佳佳老师与自己交谈过的情形，感觉很有启发，是否可以再请她给自己"开开小灶"？既然夏槐提出来这样的请求，爸爸立刻发短信给佳

夏日槐花
XIA RI HUAI HUA

佳老师："夏槐明晚第三节课想请您帮助辅导下，不知是否有时间。"

没有几秒钟，佳佳老师回复了消息："行，明天上午叫他大课间来我这里一下。"

夏槐犹豫了一下，说可能宫老师不同意大课间出去，因为要锻炼身体，是否可以中午过去？爸爸将这个讯息转发、告知给了佳佳老师，得到的是："没有关系，就是下课时间，几分钟就可以了，不是大面积地占用时间。"

爸爸感叹道："夏槐，佳佳老师虽然是我的好朋友，但对你是真心帮助！好好珍惜！"

第二天，大课间。

由于下雨，宫老师没有带大伙儿出去跑操，让大家在教室里读课文、背诵经典的古诗文。夏槐跟任月宇招呼了一声："我去一趟老师的办公室，要是有人问起来，就说我会马上回来的。"

任月宇点点头。

夏槐来到前排的教学楼，找到佳佳老师。

"你觉得自己还有哪些薄弱环节呢？"佳佳老师直接问。

"主要还是阅读和作文。"

"要说得具体些。"

"阅读上，对于有价值的信息，提取的速度不是很快，常常会耽误时间。还有，对于一些阅读材料我能看得懂，可有一部分阅读材料我看不懂，也不知道是什么原因。"夏槐面露难色。

"阅读没有难易之分，主要看你是否感兴趣。"佳佳老师一针见血地指出了夏槐对于阅读材料的"喜好"，"有些阅读材料可能是你喜欢的，你就看得下去；对于一些你不喜欢的，你就走马观花，一目十行，对吧？"

夏槐脸红了，因为这是他阅读过程中常有的事情，无关阅读会与不会的问题。

"我们在做阅读时，不能根据自己的喜好来，而是要依据阅读方法来看待阅读材料。这点务必请你注意，否则后面会出现更多的问题。"佳佳老师提出具体的要求。

夏槐点点头。

"还有，作文是哪方面的困难呢？"佳佳老师追问。

"有些作文给的材料的主题把握不住。"

"主题的把握是要根据材料，提取一些关键词。这需要有一定的阅读积累和自己欣赏、判断、甄别的能力，这个方面不是难事，关键的是你自己是否静心静气地去分析材料？考试的过程中，千万不能急躁，要排除杂念。"佳佳老师说出了考试的技巧。

"嗯。考试的时候，我有一些迈不过去的坎，比如有时拿到试卷后，忽然间学过的知识一下子什么都不记得了。"夏槐拍了拍脑袋，"有时，我怀疑自己是不是智商出了什么问题。"

"这跟智商无关，这是你紧张的情绪造成的。你们从小学考试到高中，久经考场，还有畏惧的心理？这点让我有些难以相信。当然，如果真正害怕考试，我觉得你有两个方面的因素。"佳佳老师做起了心理咨询师，"第一，你害怕自己考不好，没有办法向家人交代，因为那么多人在关注着你。对吧？"

夏槐直点头。

"同样，你生怕遭受到同学们的嘲笑，认为你以前考试成绩都是不真实的。"佳佳老师停顿了一下。

"对！我爸还说了，其实，这些同学是故意的。他说，真正大考的时候，谁能抄袭得到呢？每次大考，我都能取得好的成绩，都是自己刻苦、勤奋、努力得来的。我也不知道为什么一些人总是喜欢说别人考试抄袭。"夏槐联系到爸爸说的话。

"我认可你爸说的话。有些同学自己本身不认真学习，总是找一些理由来给自己一个台阶下，所以就有各种各样的奇谈怪论出现了。你有没有在意这些人说的话呢？如果在意了，那你就会深陷这样的情绪之中不能自拔。"佳佳老师认真地做着说明。

"嗯！这点我今后会注意的。不过，说到作文，您说我应该要注意哪些呢？"夏槐话锋一转。

"你的作文根底很好，最为重要的是保持住自己的优势，在这个基础上再提升一些。"

"上次考试的时候，我想尝试用小说的形式来写……"

"作为平常的练习，用小说的形式去写，我赞成。但，如果是高考，你用小说的形式去写，那是不明智的，因为你把控不住小说的走向，甚至于还会出现偏离。"佳佳老师不等夏槐说完，就指出了小说写作的缺陷。

"那，是不是就保稳呢？"夏槐提出自己的看法。

"你说说看。"

"比如议论文，我就采用'三段式'来进行写作呢？"

"这个方法是可以的，但有一个很大的不足。"佳佳老师从带来的数据中取出一篇文章，"类似于这些议论文，如果都是'三段式'，那么阅卷的老师看得也厌倦。你想想看，阅读老师每日需要看那么多的文章，如果都是一个'调调'，就像我们吃菜一样，天天都是吃的一样的菜，那会倒胃口的。所以，'三段式'是需要的，我们可以在列举的事例上写出新颖度。"

"明白了！"夏槐露出微笑。

"你对自己一定要有信心，相信自己一定能行。以你目前的学习状态，前途是光明的，千万不能妄自菲薄，那样会因小失大。"佳佳老师站起身，拍了拍夏槐的肩膀，"中午有时间再来，我给你讲解一点练习。"

"谢谢！"夏槐走出教学楼，小鸟站在槐树枝头叽叽喳喳唱着动听的歌。

语文的学习，夏槐有感觉，但没有系统地整理过。佳佳老师利用每天午间休息时间无私地给夏槐辅导着。一段时间后，爸爸和佳佳老师针对夏槐的学习做了短信交流——

夏爸：近期，给您添麻烦了！夏槐自己也忙得够呛。

佳佳老师：好朋友不说见外的话！他学习状态总体还是不错的，目前就是保持好"二模"的状态。他如果有疑问可随时来问，学习上的、心态上的，我尽力解答。

夏爸：感谢！我会向他转达您的话的。

佳佳老师还传来高三最后一阶段复习的安排表，提醒夏槐：依据这样的一个安排表，做好自己的复习规划，做到有的放矢，就一定会稳步前行的。

4

"我们开始步入临战状态，希望每一个人都要认真对待。最近要多回顾回顾自己所学的知识，给自己做一个计划……"宫老师讲起备考的要求。

夏槐的内心莫名地涌起一阵激动。等心情平复之后，他的心里又如同打翻的五味瓶——各种滋味夹杂其中。这样的情绪影响了他一整天。也就是在夏槐心情低落的时候，夏爸与佳佳老师又做了一次交流，主题还是夏槐的"紧张"状态——

"他有些烦躁、不安。"夏爸担忧地说。

"他的确有些紧张，也有乱阵脚的表现。"佳佳老师说了自己的观察。

"这，我也发现了，估计就是大家所说的'慌了手脚'吧。"夏爸有些无奈。

"我上一届也遇到过这样一个孩子，通过家长和老师的心理辅导是可以调整的。"佳佳老师说出具体的建议，"我已经找过他，也聊了。我还会继续跟他聊的，进行一些必要的心理干预和暗示吧。"

"太好了！谢谢您！"夏爸心情放松了。

夏槐下了晚自习到家已经是十点了。

"有点小事。"爸爸招呼着。

"好嘞！"夏槐来到书房。

关上门，父子俩进行了一次正式的聊天——

"近期一直有紧张的心理，是吧？"爸爸直言不讳。

"嗯！"夏槐也不躲避自己的心理状态，"我还是有些担心自己在后面的考试过程中出现一些差错。"

"不要担心，未来的事情我们未来解决。当务之急是目前你的一些心情，我觉得应该好好地去分析一下……"爸爸一字一句地说。

"我心理上好得很呢！没有什么问题。"夏槐倔强地说。

"我没有说你心理上有什么问题，只是觉得有几点要注意……"爸爸停了一小会儿，也当作自己调整说话的语速、语调，"首先，我觉得你应该要树立自信心……你是一个优秀的学生，怎么总有对自己不够自信的时候呢？"

"这……我是害怕自己考不好。"夏槐说到了自己的担忧。

"你二模的时候都是班级第一，年级的排名也进入了前二十，这是一个不错的成绩，说明你具备了一定的实力。作为一个普通班的学生，能有这样的成绩，我觉得更应该增强自信心。所以，我个人觉得你更应该相信自己，不要总是提心吊胆。"

夏槐表示同意。

"最近你回来常说到小胖这个人的一些事情，给你提出第二点建议：不能受外界、外人对你的影响。你现在已是高三的学生，有着自己的思维，有着自己的判断能力，关键时刻怎能受环境、别人的左右呢？只有静心静气，一切才能朝前大踏步地进步！"

"我也没有受到别人的影响，那是我听听而已……"夏槐争辩道。

"但，我从你的言语中，明显感觉你受他的影响特别大。"爸爸仍旧坚持自己的判断，"关键时候，每个人都应该有自己的分辨能力，而不是受别人的思想意识控制。"

"嗯，这点我会注意的。"夏槐虽然不赞成爸爸的说法，内心也有了一丝自己的辨别，"还有吗？"

"还有一点，这也是佳佳老师让我跟你说的，也是我想说的：到了最后的关键期，要有复习的具体规划。为什么说是'规划'呢？因为你们的课程已经全部结束，没有任何内容需要重新去学习的了。这个时候，自己要做一个规划：还有哪些内容需要自己特别关注的，做到心中有数，否则就是乱七八糟的在一天天过。"

"嗯。我最近一段时间确实没有规划，有些凌乱。"夏槐承认自己的"慌张"，"佳佳老师也跟我谈到了这个规划的事情，我也在思考自己近一段时间的安排。"

"加油！相信自己，完善计划，做好自己！"爸爸做了一个加油的动作。

谈话就这样在宽松的气氛中结束了，夏槐笑了，忽然之间放下了背在背上的一些"包袱"。他长长地吁了一口气，回到卧室，躺在床上，显得很惬意。

第六章 向着前方

1

小胖，个子不高。他的家在省城，在一所不知名的中学上学，因为不遵守学校的规章制度，家长也常常被老师"请"到学校。无奈之下，他的父母只得给他转学来到了这个小县城，成为宫老师的学生。从高一到高三，小胖的成绩也没有多少起色，他的古灵精怪倒是给大家留下了深刻的印象。

一天，小胖早早地来到了教室，装模作样地读起书。过了一会儿，大家陆续来到了教室，突然一声尖叫传遍了整个教室。

惊叫的人是任月宇。

"怎么了？"夏槐坐在任月宇的身后，忙问。

"抽屉里好像有什么东西？"任月宇身体直往后躲，手颤巍巍地指着课桌。

夏槐正准备去看看，小胖抢先伸手从抽屉里取出一条青白色的东西，朝大伙扬了扬。

"蛇！"不知是谁嚷了一声。

夏槐本能地往后躲了几步。

"这有什么好害怕的呢？不过是一根塑料条罢了。"小胖笑着挥了挥手中的那条"蛇"。

"这是谁的恶作剧呢？"任月宇坐回自己的座位。

小胖哼着小曲将"蛇"套在了自己的手腕上。

"我觉得，这个恶作剧可能是小胖制造的。"夏槐轻声跟威诗说。

威诗回头看了看小胖，点点头。

事后，正如他俩所料：小胖拿着那条"蛇"玩弄了一整天，还将它当个宝似的。这明明就是他摆在任月宇的抽屉里吓唬她的。

"你跟小胖有什么过节？"夏槐站在走廊上问任月宇。

"这话怎么说？"任月宇愣了一下。

"我也是随便问问，最近是不是得罪他了？"夏槐继续追问。

夏日槐花
XIA RI HUAI HUA

"没有呀？"任月宇回答很快，转念一想，"哦，他没有做试卷的事情我告诉了宫老师，这事算不算呢？"

"难怪昨日宫老师骂了小胖一节课。"夏槐想起昨日经过宫老师办公室时看到的那一幕，"这就不奇怪出现'蛇'了。"

过了一段时间，小胖突然间不见了。一打听，才知道小胖的父母又将他带回原来的学校去了。

"现在可以说说以前所说的那条'蛇'的事情了。"夏槐仍旧是站在走廊上，看着教学楼前的那棵槐花树。

"'蛇'？"任月宇愣愣地看着夏槐那张微笑的脸庞。

"就是以前曾经出现在你抽屉里的那条'蛇'。"夏槐笑了。

"哦！那条'蛇'，那条不知何时钻进我抽屉里的'蛇'。"任月宇说起这事，浑身还微微泛起鸡皮疙瘩，"那条'蛇'是有人恶作剧。"

"你知道了？"夏槐追问。

"知道！不就是小胖吗？"任月宇微微一笑，"其实，那天他冲过来拿出那条'蛇'时，我就知道是他的所为，只是顾及面子没有点破而已。"

"得饶人处且饶人！"夏槐不由得佩服任月宇的大度，"小胖若无其事地'夺蛇''玩蛇'，我也觉得就是他的恶作剧。看来，咱俩是'英雄所见略同'哦！"

夏槐双手做了一个作揖的举动，惹得任月宇哈哈大笑。

"不仅如此，更令我钦佩的是你的宽容，明知道事情的真相，却不点破事情的真相。"夏槐又想作一揖。

任月宇忙制止了夏槐的行为，笑着说："其实，同学三年不容易，大家相互在一起，也是一种缘分。小胖来时，他也很困扰，只是学习真的不是他的强项，但他也有强项呀！"

"是的！他的强项在于对电脑组装、硬件的了解。"夏槐转身又伏在栏杆上，"每一个人都有自己的长处和短处，关键是看我们自己如何通过学习将自己的短处减弱，发挥出我们的长处。"

两人默默地看着那棵泛着一丛丛绿油油光亮的槐花树。

2

下课铃声响起，同学们一涌而出，奔向食堂，夏槐和威诗不紧不慢地走在人群的最后。突然，眼尖的威诗捅了捅夏槐："前面的那个人很熟悉哦！"

夏槐看了看，是眼熟：那一扭一扭的走路姿势，那一路敲着饭盆的动作。

"小胖！"夏槐嚷起来。

"是呀！我就是看着眼熟。"威诗兴奋起来。

两人加快了脚步，随后追了上去，正面一看，果然是小胖。

小胖看到他俩也很兴奋，拉着手"嗷嗷"地叫了起来。

"别叫了，像只狼似的。"夏槐笑了。

"那也是北方来的一只孤独的狼。"小胖伸着舌头，龇牙咧嘴装作凶恶的样子。

"行了行了！"夏槐制止了小胖的恶搞，"你不是回去读书了吗？怎么又出现在这里了呢？是不是……"

"别乱猜。我没有被学校开除哦！是我自己要求回这里的。"小胖的脸红了，他生怕别人说他被"学校开除"之类的话语。

"谁说你被开除了？你真是'此地无银三百两'。"威诗笑着问。

"我……"

"好了好了！"夏槐拉着小胖的手，岔开了话题，"你什么时候回来的？"

"今天上午十点多钟，看到大家还都在上课，我也就没有去。"小胖顾虑的情绪一下子烟消云散了。

三人一行，进入食堂吃午餐。

午间休息。小胖拉着夏槐来到了槐花树下，将身体迈进了宽大的椅子里，享受着来自四面八方的微风的吹拂。

"不会就是让我陪你坐坐吧？"夏槐歪着头问。

"当然不是！"小胖坐正身体，叹了一口气，"想找你聊聊。"

“聊啥呢？聊学习？聊考试？还是聊电脑？”夏槐提出了一连串的话题。

“不聊这些。”小胖又轻吁了一口气。

“那……”夏槐不知小胖心里究竟有哪些“小九九”。

“你为什么没有问我为什么回了原学校，又回来了呢？”小胖双手枕着头，靠在椅背上，仰面看着头顶密密的树叶丛。

“我已经问了，看你不想说，所以我也就没有再问。”夏槐看了看小胖。

“我这个人是自私了一些，对你也不是很大方……但总觉得你是一个值得信赖的朋友……刚才那么多人，我哪敢说呢？说了，也会成为别人的笑柄……”小胖自顾自、吞吞吐吐说着。

夏槐知道小胖绝对有难言之隐了，否则不符合他平时说话嘻嘻哈哈的性格。

“去年，我回到了原来的学校，父母觉得对我的照顾也比较方便。”小胖说出了转回原来学校的原因，继而又坐直了身体，用手抹了抹自己的脸，“可是……”

小胖回到原学校后，还是在原来的班级，虽然有熟悉的面孔，有熟悉的环境，但一切似乎都变了：每个人都在拼命地学习，为的是提高自己的分数；老师每日都在讲述着分数的重要性，告诫每一位学生千万不能“虚度光阴”……

开始的时候，小胖也想学好，可自己的基础弱，一时半会

夏日槐花

跟不上大伙的节奏。爸妈也帮他找了任课老师利用业余时间辅导，辅导几次之后，老师们不太愿意了，说"根本跟不上"。班级里每个人每天都闷着头做着各式各样的练习，没有一个人跟小胖说话，自然也没有任何一个人跟小胖玩耍。

小胖感受到从未有过的孤单。

那是一节语文课，小胖不知什么原因，总是打着瞌睡，头脑一片空白，不知不觉中，他的头趴在了课桌上，进入了昏昏沉沉的状态……

"你起来回答这个问题。"

小胖睁眼一看，语文老师站在他的面前。

"你来说说这个题目吧！"语文老师再一次催促着。

小胖哑然。

"你怎么不会呢？"语文老师气恼地问。

小胖依旧没有多说一句话，愣愣地站在那里。

"我怎么说你好呢？"语文老师开始了长篇大论，"你看，其他人都在认真地听，唯独你一个人在悠闲地睡觉。现在是什么时间了？还有时间睡觉？你怎么能睡得着呢？你的底子本身就不行，还不加油、努力，还要让大伙替你操心……"

听到这里，小胖不乐意了：我既没有打搅到别人，也没有妨碍到别人的学习。再说，平时大伙都没有人搭理我，现在怎么冒出"让大伙替你操心"了呢？他冷不丁冒了一句："老师，我没有让别人替我操心呀！"

"没有？"语文老师生气了，"你整天都是一副若无其事的样子，哪一个人不替你操心？"

"我没有看到哪一个替我操心呀？"小胖回了一句。

"你……你还敢顶嘴？"语文老师气不打一处来，"你给我站到后面去！"

小胖二话没说，径直站到了教室的后面。

语文老师一直愤愤地嘟囔着，课上了一半，走了。这时，教室里像炸开了锅，许多同学开始指责小胖的不是。看着那一副副面孔，小胖的怒气油然而生，拍着桌子骂了起来："我的事情轮到你们管吗？你们平时哪一个帮助、关心过我？咋了？"

许多同学仍旧骂骂咧咧的。小胖的怒气到了极点，满脸通红，用力将面前的桌子一掀，"咣当"一声响，桌子倒在了教室的地面。

教室内顿时一片安静，大家面面相觑，没有人再说一个字。

…………

"就这样了！"小胖回过神来，看着夏槐，"那里是容不下我了！无奈，我只好回到这里来了。"

"下面，你有什么打算呢？离高考没有多少时间了。"夏槐关切地问。

"既来之，则安之。"小胖脸上充满了迷茫，"我没有什么理想，学习成绩与你相比还是相差很大的……"

"还没有走到最后一步，谁知道呢？"夏槐给小胖鼓劲。

"我的高中之路已经走到头了，我的兴趣爱好不在学习上，你是知道的——电脑是我的最爱，希望以后我能在这个方面有一技之长……"小胖看着天空飘过的朵朵白云。

3

接下来的日子中，小胖与大伙相安无事，与每一位老师也相处得不错。

"夏槐，你去哪里？"

"夏槐，走，我们一起去吃饭！"

"夏槐，看什么书，我们去打打篮球！"

…………

教室里面总能听到小胖招呼夏槐的声音，惹得威诗对夏槐说："你们俩形影不离，小胖对你情有独钟哦！"

夏槐哈哈大笑。

"我也不知道为啥他这么热情，也许是上次他再次回校，我能听他倾诉的缘故吧！"夏槐想起那日畅谈的情景。

"不过，我还是提醒你哦，小胖似乎对学习不怎么感兴趣了。你不要……"威诗不免担心起来。

"我也知道！他早就跟我说过这个话题。"夏槐笑了笑，"他虽然如此，但没有影响到我的学习呀！同学一场，也没有多少时日在一起了，在不影响学习的情况下，与他相处应该没有什么大碍。"

"嗯。"威诗点头认可，"不过，我还是觉得你要提防一点，古人说'害人之心不可有，防人之心不可无'。"

"你哪来的那么多顾虑？同学之间，还有那么多的提防？就跟防贼似的。"夏槐不以为然地笑了笑。

平常的日子里，大伙都忙着听课、做题、考试……小胖不在意自己的学习成绩，也不滋扰大伙忙碌的身影，只是在茶余饭后，总爱找一些有趣的话题跟大伙分享分享。

"夏槐，听说你以前减肥过？"午后，小胖找到了夏槐谈论起"减肥"的话题。

"是的！"

"那，你减得如何了呢？"

"后来功课忙，自己也没有再去想这个问题！"

"那可不行。你看，我的身材比较结实吧？"小胖露出自己稍稍有些肥胖的胳膊，像健美运动员一样做了一个隆起肱二头肌的动作。

夏槐上前摸了摸："真的，还挺结实的。"

"要不，你也练练？"小胖建议。

"我练这个干吗？现在也没有时间练呀？"夏槐有些犹豫。

"我天天练呢！你不要看我好像胖，其实我全身都是肌肉，有男子汉的样子吧？"小胖双手握拳，握拳抱在胸前。

"嗯！"夏槐有些羡慕。

"你来，我给你看看我的哑铃。"小胖拉着夏槐走向宿舍。

小胖的哑铃是黑色的，中间一个横杆托着两边各有四块小铁饼。夏槐握着中间的横杆，掂了掂，双手向上举了举，两次一举，觉得有些吃力。

"没有关系！如果觉得重，可以拿掉两个轻点的铁块。"小胖转动最外面的齿轮，拿掉了两块，"你再试试。"

夏槐举了举："嗯，这个重量对我来说，还是比较合适的。"

"那你可以常常举一举，这样就能锻炼出肱二头肌。"小胖又指了指自己的胳膊。

"是的。这个可以试一试。"夏槐很是羡慕。

晚自习回到家，夏槐跟爸爸说到了"锻炼"，还提到了"肱二头肌"的事。爸爸虽然不知道夏槐是出于什么目的，但还是很支持夏槐锻炼身体的，买回了夏槐所说的哑铃。夏槐每日下晚自习回到家，都会举一举。

"你看我有没有肌肉出现？"夏槐举着哑铃问爸爸。

"有那么一点点。"爸爸看了看夏槐的手臂，又用手摸了摸，煞有介事地说。

"真的？"夏槐很是高兴，"看来，锻炼是有用的。"

"不过，锻炼归锻炼，不能让自己太为难哦！锻炼一定要有一个度，否则身体会受到不能承受的伤害的。"爸爸建议。

"知道！我量力而行。"夏槐也知道锻炼不能过度。

接下来的几日，小胖动不动就跟夏槐比一比肱二头肌，两人似乎进入了一个"比美"的状态。

"夏槐，离高考没有多少日子了，不能分神哦！"宫老师常看到夏槐与小胖在一起，心里很是担心。

"知道！"夏槐应答。

"不要老是与小胖在一起讨论一些无聊的事情，有时间多做一些习题，多看一些书，多背一些单词……"宫老师又开始了说教。

"又是老调重弹。"夏槐内心数落起来。

"你说什么？"宫老师似乎听得到夏槐内心的话语。

"没说什么呀？我在听着呢！"夏槐吓得赶紧收起内心的话语。

时间一天天过去，小胖也不再与夏槐比谁的肱二头肌，而是换了一个话题："我最近也在减肥了！你没有听任月宇她们说你吗？"

"说我什么？"夏槐茫然地问。

"她说……你还是有些肥！"小胖漫不经心地说。

夏日槐花
XIA RI HUAI HUA

"不会吧！她可从来没有在我面前说过呀？再说，她也不会背着别人说三道四。"夏槐觉得不可能。

"她当然不会在你面前说了，那是为了顾及你的面子呗！要是说了，你肯定会生气的，对吧？"小胖笑了。

"这倒也是。"夏槐听得此话后，心里暗暗地给自己定了一个计划，"看来，我又要重新捡起自己减肥的计划了。"

自此，夏槐在饮食上有了新的安排：早餐只喝一杯牛奶，吃少量的高蛋白、脂肪性的食物，说什么"自己太肥，不能吃得太多"。没到吃午饭的时间，他的肚子就"咕咕咕"地叫了。人们常说"人是铁，饭是钢，一顿不吃饿得慌"，夏槐常常处于"饥饿"状态，做题目时注意力也不集中。

晚自习回家之后，妈妈准备了牛奶等一些食物作为补充。夏槐说"吃了、喝了这些之后，会在身体内堆积脂肪，会长胖的"，所以也不愿意吃喝。半夜，他常常被饿醒。

这样的"减肥"计划坚持了两个星期。

"呦，近期精神气不错哦！好像瘦了耶！"老远，小胖看到夏槐就嚷起来了。

夏槐看到小胖依旧还是那么胖，他的手上还拿着一盒薯片，嘴里还在"吱吱吱"地吃着。他很诧异："唉，你不是说要减肥吗？"

小胖哈哈一笑："我说你要减肥，没说我要减肥呀！"

"你那天不是说要减肥吗？"夏槐觉得被愚弄了。

"没有！那天我告诉你任月宇说你有些肥，没有说我肥。"小胖发出了怪笑，"我减肥可不行，那样会影响我的体力，我会吃不消的。"

夏槐看着边吃薯片边哈哈大笑走远的小胖，内心不是滋味。

4

一周一练，这是雷打不动的高考前的节奏。

周日，夏槐在家吃了晚饭，提前来到了教室。大伙看书的看书，聊天的聊天，当然也有在操场上打球的……这样的气氛完全不像马上要考试的情形。

晚自习的铃声响起，每个人都回到了座位。周练的要求没有月考那么严格：每个人都坐在各自的座位上，各科考试的规则也有些松散。

语文老师第一个进入了教室，她取出试卷，招呼大家认真做，接着到另外一个班去发试卷了。

夏槐翻到试卷的结尾，作文题目是《花儿开了》。他略做了一些思考，就从试卷开头做起：第一大项是十道古诗文填空。对于这类的题目，夏槐很是头疼，平时怕背诵，只是靠着以往的积累。他自己心里也很清楚，一般情况下，可能会错到一半。

继续往下做。

他写到了作文，看看手表时间还有许多。他慢慢地构思起来：究竟是采用"三段式"呢？还是冒险一点，运用散文形式来操作？或者，采用写人写事的记叙形式？他做着激烈的斗争，最终他采用散文带边叙边议的形式来完成——

春天，花开的季节，桃花、杏花、梨花……春天，生命的季节，世间万物获得了新生。花儿是春天里最美的象征，秋天果实的来历，今天花儿又开了。

记得三年前这一个花开的时节，我还在初中感受着快乐的时光，在这些花丛中埋下这三年高中生活的果实，在那个时节里，我怀着对美好未来的向往，来到了这一所学校。

"呜……呜……"时间的火车已经驶向了青春站。一路上，各种各样美好的花朵在窗外，那是由一个个梦想编织的，是对下一件美好事情的期望，等到花儿谢了之后，到了秋天一个个成熟的果实挂在树上时，就是到了收获梦想的时节，以前那播下的梦想实现的时候。

现在，一个新的阶段已经启航。以前的梦想已经实现了，又是一年花开时，现在这一个黄金阶段正是我们为着未来的目标而奋斗的时节。现在这时，是决定人生命运的时间，三年，是我们竞争、奋斗、努力、拼搏的时节，此时的我们对宽广无限的未来在幻想，也为此付出努力的时候，在学习上面要勤奋刻苦，在思想上面要追求、探索。

目标遥远，但只要有着坚定不移的信念和树立长久、远大的目标，为这个目标努力奋斗，梦想终究会实现，让我们在这个鸟语花香的季节中种下梦想的种子，在收获的季节采摘我们种下的果实，又是一年花开时，让未来更宽广。

又是一年花开时，让梦想更美丽。趁现在，为我们的未来打好基础，为未来埋下希望的种子。

读着自己完成的这篇《花儿开了》小文，夏槐内心感到很满意。他转了转发酸的膀子，忽然发现坐在前面的郜弥、吴蔡……低着头，朝抽屉肚里看着什么。他歪了歪头，定睛一瞧：呀！抄袭！怎么能这样呢？

他又回顾四周，还看到好几位也在抄袭，小胖也是其中之一。

夏槐深深地叹了一口气：这些人怎么能这样呢？这是考试。不管了，管好自己就可以了。他埋头继续做着没有完成的一些填空题。回头再看那些古诗文填空时，他抬头看了看前面还在抄小条的人，内心"咯噔"了一下，只是稍纵即逝的念头：算了，不会就不会吧！等考试结束，自己再努力地去复习一下。

下一场是考数学。

因为平时做了大量的题目，加之补习、辅导时间最多的也是这门课，夏槐对此科考试充满了必胜的信心。他拿起笔"唰唰唰"地做着，连抬头的工夫都没有。做到最后三道题，他有些为难了：究竟是做还是不做呢？做吧，需要花费太多的精力；不做吧，这些题目都是大分值的。左右为难的时候，他看了看旁边的崔尼。

崔尼平时学习状态不是很好，许多的题目都做不出来。今天，他却一直在不停地写。夏槐隐约地看到崔尼已经在操作试卷的倒数第二题了。

"奇怪了？"夏槐内心想不通，"平时连基础性的题目做起来都有些困难的人，今天怎么这么神勇了呢？"

看着崔尼如此的状态，夏槐有些慌乱了。他没有再做更多的思考，也开始思考最后三大题。倒数第三题很顺利地解决了，倒数第二题是一只"拦路虎"，他始终迈不过这道"槛"。

夏槐甩了甩已经写累的手腕，看着旁边的崔尼还在不停地计算，内心莫名地多了许多酸甜苦辣：是不是自己学的还不够扎实？还是自己临场考试不行呢？他拍拍自己的脑袋，强装镇定，埋头再做最后一遍的计算。一直到铃声响起，最后的两题只做了一个小分题。

中场休息。

"崔尼，你今天考试的状态很不错哦。"夏槐羡慕地对崔尼说。

"那当然！"崔尼的头有些微扬。

"你能告诉我学习的秘诀吗？我也来学习学习，争取让自己也超级棒。"夏槐笑着请教。

"算了吧，你还是不要问了。"崔尼忽然露出难堪的面色。

"怎么了？有好的学习方法不传授，还保密？"夏槐打趣道。

"哪里的话。我学习不如你，你还跟我学什么。"崔尼傻傻地笑了笑。

"唉，我今天看你做题飞快，一定有做题的秘诀。"夏槐依旧在追问着。

"哪有什么秘诀，题目会做，不就是先前已经做过了吗？"崔尼轻描淡写地说。

"先前做过了？那你也是有做题的技巧呀！"夏槐不依不饶地追问。

"实话告诉你吧！"崔尼贴在夏槐的耳边说："这些题目，老师在给我辅导时事先已经做过了。当时我不会，老师都给我讲解了。你以为我神勇？算了吧！"

"做过了？那这位辅导老师本事可真大，他怎么知道考试的试题呢？"夏槐觉得很费解。

崔尼没有再说什么，提醒夏槐下一门还要考英语。

周练英语的考试没有听力，试卷总分上少二十分。自从获得宸老师的辅导后，夏槐掌握了英语学习的一些技巧，做题的效率也得到了相应的提高，每次周练考试都会在六七十分以上，与之前自身的成绩相比，提高了一个层次。

教室外一片寂静，偶尔能听到马路上来往车辆的马达和喇叭声；教室内，灯火通明，每个人都在伏案奋笔疾书。

5

早晨，宫老师鼓着嘴走进了教室，手里拿着一张纸，一言未发。

夏槐看到那张纸，心想：该不会是周练的分数和排名吧？他的眼神从那张纸条慢慢地转移到了宫老师的脸上，希望能找到一丝丝的答案。当他的眼神与宫老师的眼神交集在一起时，吓了一跳：宫老师眼睛里露着"凶光"。

"我的妈呀？看样子要吃人了！"夏槐的心紧张了一下。

宫老师用手轻轻地拎起那张薄薄的纸片，走到教室后面。

他看了看"宣传栏"，上面已经贴了好几排成绩单、排名单。"啪"的一下，纸张贴在了空白处。

正在看书的同学们被这声音惊得都回头看了看，旋即又都回过头去继续看书，生怕招惹了宫老师，来一次"思想教育"。

宫老师用手指划着那一个个名字，做着一次次的对比，忽然嘴里喊了一声："夏槐，来！"

虽然做好思想准备的夏槐，听到喊自己的名字，还是惊了一下。

"你看看！"宫老师指了指贴在墙上的纸，头也不回地走了。

夏槐目送着宫老师走出教室，神情专注地看着那份表格：自己本次的成绩在班级上排名为十五名，年级排名一百四十名。他的心脏"怦怦怦"地跳动着，不知是对自己成绩不满意懊悔还是内心有些焦虑？

任月宇、薛怡芭和其他几位同学都涌了过来，大家对着纸张指指点点，谈论着本次的成绩、排名，还有人惊呼起来："小胖，你这次居然能进入前五，了不起！"

"真的吗？"小胖在座位上哈哈一笑，"我整天玩玩乐乐，居然也能进前五名，真是苍天有眼呀！"

这话在夏槐听起来特别的刺耳。

"夏槐，不要太在意，这毕竟是周练，不算什么！"威诗拍拍夏槐的肩膀。

夏槐的脸上依旧很平静，但内心却十分的不悦，说："走，陪我走走！"

两人走出教室，身后留下叽里呱啦在议论周练的话语声。

两人绕着教学楼走了一圈，还没有到头，任月宇气喘吁吁地跑了过来："找你们好久了……宫老师……宫老师找你！"

"找我？"威诗指了指自己。

"不是你！是夏槐！"任月宇双手撑着膝盖，喘着粗气。

"又找我？"夏槐木然地应了一句，走向办公室。

"报告！"

"进来！"

"这次周练，你考的不理想，与你的实际水平不相称，什么原因呢？"宫老师坐在椅子上直截了当地问。

"……"夏槐想说，可不知该从哪里说起。

"你三门课的考试卷，我都看了一下，有一些问题还是看得比较清晰的。"宫老师推了推鼻梁上的眼镜，"比如，三门课试卷的字迹不工整，直接影响了阅卷老师的心情……"

"这是周练。"夏槐嘟囔了一句。

"周练怎么了？周练也是考试！"宫老师的声调高了一个八度，对于夏槐的回答很不满意，"你每次遇到周练都不认真对待，这是态度问题。这也是我最担心的。"

夏槐不敢再说什么，心里默默地想：周练只是练习而已，有必要这么大惊小怪的吗？

"不要以为这是周练就觉得不好好对待。"宫老师似乎看透了夏槐的心理，"实话告诉你吧！一个人的学习，关键在平时。平时有好的态度，大考的时候就有好的应对；平时不认真，最后也不会认真起来的。"

"哦！我一定吸取教训。"夏槐顺势表了态。

"这才像话。"宫老师口气缓和了许多。

"老师，我可以走了吗？还有许多作业没有做呢！"夏槐追问了一句。

"别急！"宫老师取出几份试卷，那是夏槐本次周练的试卷，"你看看错的地方。"

夏槐拿过试卷看了看，语文试卷扣分最多的就是作文，及格分都没有得到。这是怎么回事呢？他觉得这次写得还可以呀！

"数学，主要还是后面的几个大题没有做好，有些可惜。我一再跟你说过，对于这些难题，不要有畏难情绪，能争取到多少分就多少分。看来，你刷的题还不是很多。"宫老师看了看夏槐，"对于数学，你很有感觉，所以你要多做一些难题。"

夏槐点点头。

"英语，我也问了，主要的问题还是词汇量少了一些，希望你后面的时间里要多多地背诵。这应该不是个大问题。"宫老师指了指英语试卷中出错的那些题目。

············

说来说去，宫老师就是那么几句话：第一，对自己要有信心；第二，要再勤奋一些；第三，要查漏补缺。

夏槐跟宫老师要了语文的答题卷来到了佳佳老师的办公室，想请她帮自己分析一下这次作文为什么扣分如此严重。

"以前，我也跟你谈过，阅卷老师一般首选考虑的是否跟主题契合，同时也看你的写作内容是否有实际的内容。本次作文你虽然有主题，采用了边叙边议的手法，但整体内容显得有些空洞，有假大空的嫌疑。所以，阅卷老师在评分的时候，给了你一个低分。当然，这不代表你的作文写得不好，要从中吸取教训：首先要做把稳的思考，然后再从创新的角度去选材、谋篇布局……"

6

"真是令我生气！"夏槐跟妈妈说。

"怎么了？今天遇到不称心的事情了？"妈妈边倒牛奶边询问。

"还不是那个小胖嘛！"夏槐咬着牙，狠狠地说。

"他怎么了？"

"这次周练不是考结束了吗？喏，你看！"夏槐将周练排名单递给妈妈。

妈妈一看，心里一急，脱口而出："呀，你怎么到了第十五名了呢？不理想呀！"

"这是周练。你知不知道周练？"夏槐有些不耐烦。

"我知道是周练呀！上面写着呢！"妈妈指了指抬头"周练"的字样说。

"你知道周练是怎么回事吗？"夏槐站起身来问。

"周练就是考试呀？"

"周练不是考试，仅仅是一个练习。"

"如果不是考试，怎么还排名呢？"妈妈指了指排名表。

"这是宫老师自己做的一个排名。"夏槐愤愤地说，"周练不是正常的考试。"

"怎么个不正常呢？"

"考试的时候，有一些人抄袭。"夏槐有些怒气，"你说，这样的成绩能算数吗？"

妈妈没有说什么。

"比如小胖，你看看他多少名。"夏槐重新将排名表递给了妈妈。

"这不是挺好吗？前五名呀！"妈妈的口气有些羡慕。

　　"你知道吗？他考试的时候从头抄到尾，这是我亲眼所见。"夏槐气愤地将排名表拿了回去。

　　"监考老师不管？"妈妈很是疑惑。

　　"周练，谁管？我刚才跟你说了，周练是不算数的，很多老师都不重视。"夏槐嘴上虽说"不算数"，可眼睛依旧盯着那张排名单。

　　妈妈没有再表态。

　　夏槐还说到了宫老师找他谈话的事情。

　　"喏，看来，宫老师还是很在意你学习状态的哦！"妈妈接了话茬，"哦，你们老师知不知道小胖的真实成绩呢？"

　　"谁不知道？每一个老师都知道。"夏槐笑了，"私底下，我、威诗、任月宇还有薛怡芭等人在一起说起这次考试时，都觉得好笑。平时考试总是倒数第一的人，居然进入了前五名……"

　　妈妈问小胖自己的反应。夏槐说小胖开始的时候很是得意，到处炫耀自己的考试成绩和排名成绩，可没有一个人理睬，因为大家都知道他真实的学习成绩。最终，他自己也觉得无趣，就不再说了。

　　"这不就得了吗？"妈妈也笑了，"你看，这就是所谓的'真的假不了，假的真不了'。他自己也心虚呢！"

　　"不过，他还是蛮有感觉的。"夏槐笑了起来，"跑到我面前，有些挑衅似的说：'你看看，你看看！你平时这么用功，结果呢？还是没有我考得好，所有的努力都是白费的。要跟我一样……'我回了他一句：'跟你一样偷看？'他愣住了，看了我半天。"

坐在一旁的妈妈听着听着也笑了。

"临了怎么样了呢？"妈妈关心地问，"你们两个没有闹出矛盾吧？"

"没有！我也是说着玩的，他也知道。"夏槐恢复了平静的口吻，"后来，他还喊我跟他一起出校门去买饮料喝，给了我一瓶可乐。"

"就这样？"妈妈睁大眼睛。

"就这样！"夏槐摊开手说，"他也没有计较我说的话，我也没有再提他考试偷看的事情。不过，我觉得他的行为似乎有些不大对头。"

"怎么不对头呢？"妈妈惊讶地问。

"事后，他自己也跟我说，当初为什么回省城，真正的原因是跟宫老师大吵了一架，说老师们批改他的考试试卷时故意扣分，歧视他。回到省城的中学，他父母请了老师，恶补，结果还是不行。回来的第一次考试，成绩依旧是班级倒数第一，他自己也很郁闷的。"夏槐的口气有些无奈。

"学习成绩是谁都帮不了的，又不是说考试之后别人给你加个分，你就是成绩好了！"妈妈补充说。

"是呀！我也是对他说：关键还是要靠自己平时的努力！唉，他怎么可能努力呢？所以，这次就出现了……"夏槐站起身，准备回卧室。

"每个人的前途都是自己创造的！"妈妈坐在沙发上轻轻地说了一句，"分数固然重要，但更为重要的是要了解自己目前的实力，了解自己究竟要做什么？未来究竟要做什么？"

"是呀！我很清楚，可惜他不清楚。他只知道吃吃喝喝，甚至于还和校外的一些人混在了一起。作为学生，这是多么危险！"夏槐摇了摇头。

7

高考的脚步也越来越近。

夏槐的心情也是忽起忽落，有时会有一些莫名的"火"，说不清、道不明。今天，他站在教室走廊上，看着远处的那株槐花树叶随着微风漾起的阵阵"波纹"，内心似乎又恢复了平静。

刚吃过午餐，教室内安安静静，大多数人在小憩。空调也已经开启，轻微的"呜呜"风声显得那么清凉。

坐在前排的任月宇埋着头在做着英语习题，她有着独特的词汇积累的方法；右手边的威诗也在刷着数学真题；薛怡芭呢，坐在不远处，正在聚精会神地默背着一道道作文素材……

夏槐被一个人的手拍了一下肩膀，抬头一看，是小胖。

小胖刚要大声说话，夏槐用手指轻轻地压了压自己的嘴唇。

"唉，跟我一起去买水喝？"小胖轻声说。

"你去吧，我还要做题呢！"夏槐指了指已经铺在课桌上的数学真题集。

"待会来做也不迟。"小胖拉了拉夏槐。

"稍等！你到教室外等我一下。"夏槐指了指教室外。

小胖走出教室，站在走廊上，身体晃来晃去，显得轻松自如。威诗凑过脸说："你真要跟他去？"

"你看他也是蛮有诚意的。"夏槐指了指教室外的小胖。

"算了吧！他是有用意的吧！前几天，我见到他拉拢任月宇，被拒绝了。转而去讨好郜弥、吴蔡，当然还有我，都一一被拒绝了。他现在是不想学习了，你还跟他在一起？"威诗提醒着。

"去买瓶水喝喝，也不耽误时间吧？"夏槐纳闷了。

"他不单单是去买水喝那么简单。不过，你去了就知道了。"威诗手指点了点夏槐，"不要说我不警告你哦，你跟他在一起要多长个心眼。"

来到校外，小胖买了两瓶可乐，并且拉着夏槐坐在了马路边的"休息区"。

夏日槐花
XIA RI HUAI HUA

"小胖，我们回教室了，我还要做题呢！"夏槐站起身。

"别急，喝完可乐再走也不迟。"小胖拉住了夏槐。

两人正在说这话，对面走来了几位比他俩年龄大一些的年轻人。小胖忙站起身，称兄道弟地喊了起来，还介绍着夏槐。几个人围坐在一起，四个人一组，每个人的面前还摆上了一些零钱，其中一个人掏出了扑克牌，发起了牌。

夏槐一看，吓了一跳：这不是赌钱吗？他站起身，对小胖说要回教室了。

小胖头也没抬地问："你借我一些钱？"

夏槐掏了掏口袋，一分钱也没有。

小胖甩了甩手。

夏槐快步走回校园，长叹一口气，心跳得特别厉害：还好！还好！不可理喻！不可想象！自此，夏槐对小胖的任何招呼全都置之不理。

时间转瞬即逝，一天又一天。

晚自习，教室内鸦雀无声，轮到 Emma 老师值班，她安坐在前面批改着试卷。任月宇回头问夏槐一道英语题的解题思路。想了半天，夏槐也没有想出来，只好让任月宇去问一问 Emma 老师。

此时，夏槐听到了不大不小的刺耳说话声："装什么装，不会就是不会，还逞能！"

　　夏槐听得出这是从身后小胖的嘴里发出来的，他没有理会。

　　"这些人都是傻子，一天到晚还装得跟真的一样，一群傻子，一群呆子……"更加难听的话语一句一句地从小胖的嘴巴里蹦出来。

　　夏槐忍了忍，依旧没有理会。

　　威诗有一道数学题不会，他歪过头向夏槐请教。这时，那个不和谐的"杂音"又像蚊子一般地响了起来："不懂装懂，就是一个傻子，还挺能装的……"

　　刚要进行演算的夏槐被这"嗡嗡"的嘈杂声搅和得不知所措，刚刚理好的解题思路烟消云散了，心里莫名地"上火"："你什么意思？"

　　"我没说什么，只是觉得有些人不是傻子胜似傻子，是傻子还装着不是傻子。"小胖得意地摇头晃脑地说着"绕口令"的话语。

　　"别！我们去问问宫老师吧！"威诗拉了拉脸色都变了的夏槐。

　　走廊上，威诗对夏槐说："其实，我前几日就已经跟你说过，要提防着他这个人。他已经不想学了，许多行为完全背离了一个学生的所为。"

　　"他是想让我们像他一样，门都没有。"夏槐愤怒地说。

　　"是呀！越是如此，我们越是要心平气和地去学，要不然不正好落入了他的圈套吗？"威诗哈哈一笑。

"对！不能被他看笑话，越是艰苦的环境，我们越是要有坚定的意志。"夏槐抿嘴坚定地说。

8

"站到后面去！没有我的命令，不准回座位！"这样的吼话让很多人浑身为之一震。

这是宫老师在班级中实行的"严酷"政策。

夏槐看了看威诗，看了看吴蔡，又看了看任月宇，他们都在看着他——因为夏槐已经站在教室的后面，而且还要连续站两节课。

这又是怎么回事呢？事情还得从上周说起：生物老师说班级中有许多人上课不认真，浑身都像被霜打了一样，蔫了。最终，班级中有许多人的考试成绩连 B 都达不到，还有人甚至得了一个 D。这样下去，不要说考试，就是连正常的学习内容都完成不了。

这一状告到了宫老师面前，这一下惹了他内心那一团早已集聚的火。对于"学习成绩"极为敏感的宫老师觉得有必要实行"高压"，于是出现了奇怪的一些规定——

每日早晨，凡是最后到班的两位一律站在教室的后面。

　　每日课间，凡是最后坐定在座位上的一律站在教室的后面。

　　每日午餐后，凡是最后坐定在座位上的一律站在教室的后面。

　　…………

　　"早晨，我只要不迟到不就行了吗？"夏槐对威诗发着牢骚，"肯定有最后两位到班的呀？这是什么规定？"

　　威诗两手一摊，也不知所以然。

　　"课间，如果我去上厕所，迟来了，一定会站在教室后面。这又算哪门子的规定呢？"吴蔡在一旁也抱怨起来，"是不是让我一直不去厕所呢？"

　　"还有还有……"鄙弥在一旁也急促地要表达自己的想法，"这个去食堂吃饭，哪有一个时间定数呢？也肯定有最后一名来班的，这岂不是捉弄人吗？"

　　你一言我一语，大家各自表达着不满。

　　因为迫于宫老师的"政策"，许多人不敢去厕所，即使去了，回到班，有人就事先将有的人的椅子搬走，造成"坐不回座位"的假象，被罚站在教室后面……类似这样的"恶性"捉弄事件越来越多，班级之中同学们之间的关系一下子紧张起来。

　　这不，夏槐就发生了一件让他自己都觉得难过的事情。

　　下课了，他要赶紧去厕所，结果大家争先恐后地挤出教室，你推我攘，夏槐不小心倒地，脑袋触碰到了墙壁。他无奈地摸了摸后脑勺，慢腾腾地走向厕所。最终的结果，大伙也都看到了——夏槐站在了教室的后面。

"我不能一直很无聊地站在这里呀？我总要做点什么吧？"夏槐站在教室后面，内心也很纠结，这个关键时刻，时间是宝贵的。他取出了《百校联盟猜题卷》自个儿地练习起来——上课的老师也是按照宫老师的"政策"来看待站在教室后面的人，认为这些人都是不想学的人，也不去顾及他们。

经过这么一次的折腾，夏槐做出了一个"极端"的决定：每节课，他都自觉地站到教室的后面去，因为他觉得自己"狂奔"的力量与其他同学比不了。与其那样地闹腾，不如自己"识相"地站在教室后面。不过，他自己也给自己暗暗地来了这么一个设想：自己拿着"猜题卷"去隔壁空教室去做，不再站在教室的后面。语文课如此，数学课如此，英语课也是这样……

物理课。

老师神采飞扬地讲着课，越讲越开心，知识点也越来越多，不知不觉中，下课铃响了也没有听到。等到老师发觉时间过得很快，看了手表才猛然间失声："抱歉！抱歉！还有一分钟要上课了，拖堂这么久。"说完就下课，匆匆走了。

这下，班级中像炸开了锅：一个个飞奔向厕所，许多人是慌不择路，否则会被罚站，夏槐也挤在人群中。他只跑到半路上，上课铃声就响起来了，无奈，为了不影响自己上下一节课，也不让别人说三道四，他觉得憋着不去小便，回到了教室。

事情往往就是那样凑巧——夏槐回到班刚刚要坐下，却被刚刚进入教室的宫老师看到了。

"你站到后面去！"宫老师手一挥。

"为什么？"夏槐有些莫名其妙。

"你是最后一个。"

"我不是。"

"怎么不是？"

"你看看，还有几个人没有来呢！"夏槐很是不服气，指了指教室里还有几个空座位。

"不管，你站到后面去。"

"凭什么？"夏槐头开始昂了起来。

"因为你是最后一个坐下的。"宫老师也是不依不饶。

"我并不是！你再看看呀！"夏槐仍旧是忍住怒火。

"我就是要你站到后面去。"

"我就不站到后面！"夏槐说起了狠话，还用力地拍起了桌子，大喊大叫。此时，他心中多日来的怒气全部地爆发了出来。

班级中其他的同学用惊恐的眼神看着他。

宫老师的脸铁青铁青的，有些无计可施，两人就那么僵持在那里。过了好一会儿，宫老师说了一句："到办公室！"

"去干吗？"夏槐仍旧是怒气冲冲。

"为了不影响别人，我们去办公室谈。"

"……"夏槐刚想说什么，又止住了，跟着宫老师去了办公室。

教师办公室。

"这个规定不是对你一个人来说的，是对全班的。"宫老师的口气明显缓和了许多。

"这是什么规定？你不去问问，大家都很反感。"夏槐面红耳赤地说，"再讲，我又不是最后一个坐下来的，凭什么让我站到后面去？"

"我从高一开始就很看重你，为什么今天你还是这样的态度呢？"宫老师的话语岔到了"高一"话题。

"哼，开始打悲情牌？"夏槐的内心有些鄙视。

"……不管这个制度合不合理，先遵守，对不对？"宫老师从"高一"的话题转回到了"规定"。

"不对！首先，我没有做错，我并不是最后一个坐下的，我没有违背规定，你这是对我的人身攻击；第二，你的规定本身就是有问题的，无论是哪个时段，总有最后一个。你有没有为站在后面的人考虑呢？像我，站在后面，就看不到黑板上的字，上课的老师也不管，还有四十多天，能这样吗？"夏槐一口气说了许多"规定"的许多错误。

"……"宫老师看了看夏槐那涨红的脸，也不知该说些什么。

他的内心还是认可夏槐说的话，但对于"规定"不能出尔反尔，那样他这个班主任的威信又在哪里呢？

两人又开始了僵持状态。

"这个规定是有些不妥，这样吧，不罚站两节课，只站一节课……"宫老师不知是自言自语，还是说给夏槐听的。

"老师，今天我还是有些不对的地方……"夏槐也开始慢慢地消气了，说了一些"道歉"的话语，但内心并没有真正服气。

"争执"在不合言中不了了之。

时间不知不觉过得很快，两个星期不到，宫老师就宣布了废止前期的那些林林总总的规定。

"说句实话，当初设定这些规定也是为了让大家能有一个'规则'的遵守。许多人最后的这一段时间内总是控制不住自己的情绪……"宫老师停顿了一下，似乎想说什么，但话题一转，"过不了多少时日，大家就要进入考场，为了更好地进入最佳的状态，我们取消前期的规定，也希望大家能自觉……"

夏槐看着宫老师平静的脸庞，内心有许多的话语要说，但欲言又止。

屋外的阳光依旧灿烂，那棵教学楼前的槐花树异常的茂盛，树底下的椅子上落了许多树叶。

夏槐走到那棵槐花树底下，闭上眼睛，倾听着来自树叶间的"沙沙"声，似乎听到了许多许多的欢声笑语，那里面有威诗的爽朗笑声，也有郜弥、吴蔡等男生的嬉笑声，还夹杂着任月宇、薛怡芭的轻声细语，当然少不了宫老师那严肃的话语。所有的一切声响，随着那扑棱飞起的鸟儿，滑向了天宇……

9

为了能够让自己有更加清晰的前进动力，夏槐从一百天倒计时开始的那天，就安置了白板在自己的卧室，并且每天都写上天数和勉励的话语：

加油！坚持就是胜利！还有 27 天高考。相信自己！永不言败！

加油！我一定可以考到理想的分数！仔细读题，认真复习！

…………

下了晚自习，回到家，夏槐对爸爸说："今天，宫老师让我将课桌上的那份不干胶撕掉。"

"哦！"爸爸满脸轻松地回应着。

"你知道为什么吗？"夏槐追问。

"我猜猜……他不想你如此的紧张。"爸爸笑了笑。

"你一猜一个准。"夏槐有些惊讶。

"不是我猜的。其实，今天宫老师打电话跟我沟通过了。他说觉得你近期比较紧张，也找你谈了好几次了，对吧？"爸爸说出原因。

"是的！"夏槐补充说，"今天他还特意把我喊到办公室，跟我谈了好多，说情绪要稳定，不要紧张，不要焦虑。"

"他也是跟我这么说的，还希望我好好地跟你聊聊，不要过多地紧张。"爸爸依旧笑容满面，"宫老师对你真的很好，他对你寄予了很高的期望。"

"嗯。他让我撕掉不干胶，最重要的一点就是觉得每日看着这张'计划'，无形之中一定会让自己紧张。"夏槐指了指卧室里白板上的那一张"计划"。

"这是对的。计划有时是摆在心里，如果常常晃在眼前，难免会让自己过度地在意，从而产生紧张的情绪。他这样做，完全是从你的角度去考虑的。"

夏槐点点头。

过了一会儿，夏槐一切准备停当，上床准备休息。他躺在床上，眼睛直视着那块白板，内心又隐隐约约地泛起了一阵阵的涟漪。他站起身来，拎着白板来到书房，对正在写作的爸爸说："这块白板先放在书房吧！"

爸爸看了看夏槐，又看了看白板，没有过多地问，只是点点头。

"我觉得摆在我房间，每日看到它，心里还是有些紧张的。

不如先放在这里，等需要的时候我再取回去。"夏槐说着自己心里的想法。

"好的。你的做法也对。这些都已经深深地在你的心里了，看着白板的确让人容易产生焦虑、紧张的情绪。"爸爸笑了。

"嘀"的一声响，提醒手机有短信来了。爸爸打开手机，原来是宫老师发来的消息，内容显示的是最后一阶段需要夏槐他们做的准备工作——

您好，今天下午三节课后放假休息，明天休息一天，明天晚自习正常。现将高考前的准备工作通知如下：

1. 督促学生理发，做到精神饱满，轻装上阵。

2. 准备好考试用具：透明笔袋，0.5 毫米黑色水笔，直尺，三角板，小刀，圆规，2B 铅笔学校统一发。

3. 保持适度紧张，切忌过度放松，在家要积极备考，以回归课本为主，以不变应万变。

4. 调整好心态，认真准备，轻松考试。

谢谢你们一直的关注与合作！

周日上午，按照宫老师的要求，夏槐做了充分的准备：理发、买文具，还与爸爸又做了一番谈话，说到了好友威诗的畅谈，也说到了与任月宇、薛怡芭等人的聊天。原来，他们也都有紧张的情绪，只是释放的办法各不相同：有的是表面上轻松，内心还是惶恐，所以只好用嘻嘻哈哈的表情来掩饰；有的是表面上无所谓，内心存在着担忧，所以只好一声不吭，自我消化……更多的人是转移话题，不让自己整日徘徊在自己紧张心情的周围。

"原来，大家都紧张！"夏槐对爸爸说。

"哈哈，你不是说只有你一个人紧张吗？别人也紧张，你也紧张，我觉得这一切都是正常的。这是一次重要的人生转折，谁能不重视？既然重视，每个人都想做到尽善尽美，紧张也在所难免。还是那句话，谁能调节好自己的情绪，谁就已经赢了一步。"爸爸还是那样的心平气和。

"是呀，十二年，没有经历过高中生活，没有经历过高考，是一种缺憾，也是不完整的学习生涯。"夏槐若有所思地看着屋外远处的无想山。

最后的日子里，他依旧拿起笔，记录下他自己的心路历程，那一字字、一句句促成了《就这样慢慢长大》——

　　　　时光。流逝。花开。花落。

　　　　时间从指间缓缓地流走，伴随着我走过，春、夏、秋、冬这一年四季。此时，我不再是一个刚入学

夏日槐花

XIA RI HUAI HUA

不久的新生了。

　　春天，播种的季节，我们踏进了这座校园，为我们的未来播下希望的种子。为秋天的收获打开道路。春天，万物复苏，明媚的春光照耀在身上，使我感受到青春的美好与活力。我又长大了一点，学会了自立、自强、自信，学会了面对生活。

　　夏天，奋斗的季节。阳光高照，烈日当空，一轮明日正对我们放出了他所有的能量，烘烤着整座校园，一阵阵的热浪扑面而来。我们正在奋斗中，为种下的种子浇灌汗水，为了秋的收获而奋斗，因为我明白，胜利的果实是上天给予奋斗者最好的礼物。因此，我们在夏蝉的鸣叫声中学会了奋斗。

　　秋天，收获的季节，人们常说，秋天的颜色是金黄色的。没错，当第一片红叶飘落的时候，已经预示着秋天的来临，农民伯伯们也早已在为了收获做足了准备，我们也不例外。我们拿到成绩单在那里笑呢，那是我们一年来奋斗的结晶，我感到了，我又长大了一点，学会收获了。

　　冬天，准备的季节，从第一朵雪花飘落下来，冬天已经把整个世界变成了银色的世界，只剩下了几根光秃秃的树干在寒风中瑟瑟发抖。别被这样的景象吓到。殊不知，在雪为树保温的被子下，树叶正在腐化成为养分，为来年的春天，做足了准备，所以在冬日的雪花中，我明白了提前做准备的意义。

又是一年四季，在这些梦中，我明白了那些道理，于是，我便在四季中慢慢长大。

第七章　尾　声

1

阳光照得人眼睛睁不开，浑身懒散得想要睡觉。

蝴蝶随着阳光的暖流滑入亭子内。

任月宇抬起脸庞，出神地望着树木葱茏的虫吟园，不知在想些什么，似乎陷入了无尽的遐想之中，清秀的脸颊时不时地露出甜甜的微笑。

蝴蝶没有了害怕，扑扇着翅膀，围着任月宇飞舞了几圈，继而又轻手轻脚地站立在任月宇肩膀上。蝴蝶顺着任月宇的眼神望去，一群群活泼的人正在嬉戏哄闹着，那一张张笑脸上溢满着快乐，颗颗汗珠顺着额头滚落到鼻尖，闪动一下亮光便滴落到地面，销声匿迹。

蝴蝶陶醉在这幸福时刻。

任月宇的余光发现了停留在她肩头的蝴蝶，也发现蝴蝶发愣的神情。她不忍心打搅它，装作不知，继续观赏着眼前那一幕幕活泼、热闹的人玩耍。

蝴蝶醒了。

任月宇看着醒了的蝴蝶笑了。

蝴蝶望着任月宇的笑脸，内心一阵激动，扑扇着翅膀飞舞了起来。它在任月宇面前跳起了欢快的圆舞曲，那五彩的翅膀在阳光的照射下熠熠生辉。

任月宇情不自禁地轻轻地鼓起掌，脸上的笑容更加的灿烂。

任月宇伸出手掌，平展开手心。

蝴蝶的双翼突然一下扇动起来，顺着双翼振动频率的加快，任月宇眼前出现了点点星光，如萤火虫般的荧光闪现，颗颗晶莹透亮，闪着金黄色的光泽。这些荧光越聚越多，整个儿将任月宇包裹。

荧光中，任月宇看到了美丽的山川河流，看到了自己梦寐以求的书籍海洋，还看到了与家长、伙伴幸福的朝朝暮暮……

蝴蝶在荧光闪现之际，化为一缕金色的烟尘，消失在任月宇的眼前。任月宇手中留下的是闪动金色光芒、透明的点点

夏日槐花
XIA RI HUAI HUA

荧光。

任月宇的脸颊上飞涌出幸福的红霞。

一只蝴蝶闯入了夏槐的视线，那飞快扇动的翅膀让夏槐感到丝丝的凉风拂面。

蝴蝶飞呀飞，离夏槐越来越近。"小蝴蝶，你为什么飞到这里来了？"夏槐心里发出了问候。蝴蝶似乎听到了夏槐的召唤，飞舞着离夏槐越来越近。

蝴蝶翅膀是彩色的，上面的花纹好像春天盛开的鲜花，中间那一点浓重的酱紫尤为显眼。一对翅膀上下翻飞时，酱紫似一双大大的眼睛探视着周围的一切。

看着看着，夏槐浑身打了一个哆嗦，因为大眼睛正与他对视着。

"接球！"一声吼叫，惊得夏槐回过神来。球到了自己的脚下，他用脚背带球前行，攻向对方的"球门"，与他同行的还有那只蝴蝶。

蝴蝶一跃飞到夏槐的头顶，"扑啦啦"地飞向对方守门员的头顶。

"进了！"激动的呼声顿时响了起来。夏槐抬眼寻找蝴蝶，却不见踪影，内心莫名地失落起来。

活动结束，伙伴们分头散去，各回各家。

出了校门，转过十字路口，夏槐走在满是法国梧桐的人行道上。

马路上，车来车往。

"蝴蝶！"夏槐脱口而出。那只校园里出现的蝴蝶停飞在路口的半空中。忽然，一辆大卡车"嘀嘀"地迎面开来，看样子要撞上那只静候的蝴蝶。

"不要！"夏槐惊呼着，不由自主地伸出手臂。

迟了！大卡车伴着刺耳的喇叭声"呼"地疾驰而过，夏槐紧张地闭起了双眼。

半晌，他没睁眼。

耳旁有缕缕的轻风在扇动。

"是它！"夏槐睁眼，环顾四周，蝴蝶扑扇着翅膀围着他在上下翻动，跳着优美的舞姿。夏槐绽开笑容，再次伸出手臂，摊开手掌，蝴蝶轻轻地停歇在手心，一团萤光滑落在夏槐的手心。

蝴蝶没有做更多的停留，牵动着那缕缕荧光向梧桐树丛飞去，渐渐消失殆尽。

2

清晨的教室内"哈哈"声不断，究竟发生了什么？夏槐快

269

夏日槐花
XIA RI HUAI HUA

步走进教室。

学校近期在进行基础建设，夏槐班就被安排到这间较为拥挤的房间来上课。因为窄小，课桌前抵到黑板，后挨着墙壁。室内的光线还不十分明亮，让人有压抑的感觉。

"哈哈"声是传自夏槐前排的两位男生，他们的手中分别拿着手机，各自在炫耀着手机中拍摄到的一些人。

"老师不是不让带手机吗？"夏槐提醒着前面的吴蔡。

"你这人真是啰嗦。老师自己不是腰间别着手机，凭什么不让我们带手机？"吴蔡满脸怒气地说着。

"咯噔——咯噔——"声从走廊上传了过来。

吴蔡他俩刚才的狠劲突然消失得无影无踪，趴在桌面上若无其事地乱涂乱画着。随着"咯噔——咯噔——"的声音，进来的是宫老师。难怪他们动作如此神速，看来"躲猫猫"的游戏，他们已经上演过许多遍。

夏槐没有说什么，继续着自己的功课。

教室内一片安静，每个人都在安安静静地做作业。宫老师坐在教室的最前方批改着作业，时不时抬头观察一番，似"猫捉老鼠"的戏法。

"嘟嘟——"轻微的声音在班级的某一个方位响了起来。

"腾"的一下，宫老师很不安地站了起来，耳朵警觉地听取着声音的来源地。此时，教室内又恢复了寂静，没有人有任何的异常行为。宫老师以为自己听错了，便又坐下。

"嘟嘟——"轻微的声音又响了起来。

宫老师坐不住了，站起身来，在课桌的过道上走来走去，耳朵使劲地听取着教室内的一丝丝的异常响声。刚才的声音似乎又玩起了"躲猫猫"，悄然无声。

非抓住不可！宫老师咬牙切齿地想着。没有凭据，他绝对搜寻不到声音的来源地，转身走出了教室，"咯噔——咯噔——"地奔向办公室。

"好险！"吴蔡对同桌轻声地说。

"嘘！"同桌示意不能说，"将手机藏好，不要再发出声音了。差点害了咱俩。"

教室外的阳光是那么的柔和，靠窗坐着的是任月宇。微风吹进教室，她的刘海随着风儿轻轻地摆动。任月宇抬起眼，看着屋外的白桦林。突然，一个熟悉的身影映入了她的眼帘——蝴蝶！五彩的蝴蝶！她嘴里喃喃地念着。

蝴蝶似乎被召唤了似的，来到了教室。"哇！多漂亮的一只蝴蝶呀！"全班的学生齐呼起来。

"它还有一条闪着荧光的尾巴呢！"有人高呼起来，少男少女们的注意力全部集中到了蝴蝶的尾部。

"看来，这是一只不一样的蝴蝶。让我逮到它给大家玩玩！"说到做到，崔尼在教室里追逮起飞舞的蝴蝶。

夏日槐花

　　蝴蝶跳着优美的舞蹈，引得崔尼一会撞到墙，一会儿磕到桌子角，一会儿又碰倒了座椅，一会儿又移歪了课桌。他的动作也如蝴蝶一般走着"8"字形，似喝醉的醉汉。

　　蝴蝶飞到夏槐身边，停歇着。崔尼看准机会，用力一扑，蝴蝶绕了一个弧线，他一个趔趄，差点摔倒。蝴蝶此时已飞到靠窗的任月宇的身边，倚在任月宇的肩膀上，扑扇着翅膀，好像对崔尼挑衅着。

　　一缕强光照射进来，蝴蝶迎着光亮飞出了教室，身后留下点点的荧光……

　　校园的汉字道的椅子上坐着夏槐和任月宇。

　　"蝴蝶又飞到你的肩膀上了。"夏槐对任月宇说。

　　"嗯！蝴蝶也围着你飞了半天呢！"任月宇对夏槐说。

　　"蝴蝶好像与咱俩挺有缘的哦！"夏槐对任月宇说。

　　"是呀！我总感觉它好像有什么话要对我们说似的。"任月宇看着汉字道上的那一个个不同字型的汉字，若有所思。

　　"我也觉得是这样。前几天我回家的路上，心里一直在想着我编制的 C++ 语言时，它不知从哪儿飞出来，围着我飞舞着，久久不愿离去。"夏槐摸了摸有些硬直的头发，突发奇想地说起来。

　　"哦。就是那天呀！"任月宇笑了起来，"那天午间，有只蝴蝶停歇在我的肩膀上，飞到我手心里，瞬间留下荧光就飞逝了……"

"我那天也出现了这样的情景！"夏槐听着任月宇说此话，抢上话茬。

"真是神了！"两人异口同声地说着，继而相视哈哈大笑。

"我当时正在看书，梦想着自己将来也能成为一名作家时，那只蝴蝶就来到了我的身边。它飞舞着，扇动着彩色的翅膀……"任月宇沉浸在蝴蝶飞舞时的情境之中，夏槐似乎也看到了那只翩翩起舞的蝴蝶。

"哦哟！这两人关系还挺不错，嘻嘻哈哈的，成何体统！"夏槐抬眼一看，原来是本班的崔尼站在他俩面前，斜着眼睛看着他俩。

"你们俩私自在这里相会，有什么秘密？"崔尼不依不饶地追问，誓有打破砂锅问到底。

"没你想的那么恶心！"任月宇的脸顿时红了，站起身来厉声地说着，"我们是在说今日飞进班的那只蝴蝶，你不是左追右追没有追到吗？弄得我们的桌椅乱七八糟。"没有等崔尼再说什么，任月宇转身就走了。

崔尼龇牙咧嘴冲任月宇的背影做着鬼脸，夏槐也站起身，从另外一条路走了。等崔尼想对夏槐说话时，身边早一个人影都没有了，自讨没趣的他只好返回班级。

夏日槐花
XIA RI HUAI HUA

教室前的花儿盛开着，有白色的，有紫色的。阳光透过许多花瓣的缝隙，将暖意送入教室内，临窗的任月宇在阳光的映衬下，优雅、灿烂。

自习课。

任月宇欣赏着窗外的花儿，内心浮想联翩。她取出自己心爱的软面抄——封面整体呈粉色，绘有两位可爱的卡通人物，长发飘飘的身后有若干只的蝴蝶在飞舞。她翻开本子，扉页上写着"我的未来不是梦"。此时此刻，任月宇顺着自己飞扬的思绪在本子上爬起了格子。

夏槐完成了所有功课的作业，在稿子上画着一连串别人看不懂的符号，想象着这些符号似乎已经在电脑的键盘上跳跃，发出欢乐的音符。

"嘟嘟——"教室里发出响声，许多同学被惊得连拍自己的胸脯，嘴里还念念有词"不害怕！不害怕！"声音来自宫老师的桌子上。

"是什么？"

"手机铃声？不像！"

宫老师在全班同学的质疑眼神中，来到了崔尼身边，伸出手，摊开手掌。

崔尼满脸难色，极不情愿地将手中的东西摆在宫老师的手心。

"手机！"

"上学还带手机？是不是学生？"

"老师怎么知道他带了手机呢？"有人发出疑问。

"你看，老师手里还拿着一件玩意呢？"同桌指了指宫老师手心里带天线的东西。

"哦！测网仪！"知晓内情的同学恍然大悟，"看来，你有手机，我有测网仪，这就叫'一物降一物'。"

"带手机干吗？与谁联络呢？你的心思搁在哪里了？"……宫老师冲崔尼发出一连串的问题。

崔尼没有辩解什么，只是将头深深地埋在课桌上。

"做学生要有理想，要为实现自己的理想而不懈地努力！人的精力是有限的，而学习的时间是有限的，我们要将有限的时间花在无限的知识学习之中……"宫老师的"绕口令"教育又开始了。

直射进教室的阳光中，夏槐似乎看到了那只翩翩飞舞的蝴蝶，那只酱紫的蝴蝶。

3

夜色阑珊。

任月宇倚靠在卧室的椅子上，手里捧着一本课外读物在津

夏日槐花
XIA RI HUAI HUA

津有味地欣赏着，嘴角时不时地露出笑意，看来书中的故事打动了她。

"宇儿，时间不早了，该睡觉了。"客厅里传来了妈妈的声音。

"嗯！我再看五分钟！"任月宇头也没有抬。

指针一滑到了十点半，妈妈催促着任月宇赶快休息："身体要紧，课外书明日再看吧！"任月宇显然有些不舍，在妈妈的监督下，上了床。她请求着妈妈，"再给我五分钟！"并做了一个鬼脸。

妈妈心疼地劝告着："就五分钟哦！不然我会生气的。"

任月宇信守承诺，按时关灯休息了，渐渐地进入了梦想……

任月宇感觉自己不断地往上飞，她惊异地观察着自身，原来她有了蝴蝶一般的翅膀。正当她惊喜之余，身边飞舞着成群的五彩斑斓的蝴蝶。它们与任月宇一起向前飞去。

飞越过崇山峻岭，任月宇在蝴蝶的引领下，来到了飘满栀子花香的陌生地带：四周全是从墙根到屋檐的书柜，蝴蝶们向书架飞去，在点点荧光之后，书架上呈现出一本本的图书。任月宇欣喜地站立到书架前，手指轻轻地抚摸着那众多的书籍。

任月宇取出一本图书，顺势坐在书柜前的地板上，认真地阅读起来。一缕轻微的光芒直射到任月宇的身上，光亮一片……

任月宇揉了揉眼睛，原来是清晨的阳光照射在她的脸上。

　　她想起那些与她一起飞舞的蝴蝶，又似乎记起什么，打开床头柜的抽屉，那一沓沓的信封仍旧安静地躺在里面。

　　她笑了，幸好这些信封没有像蝴蝶那般飞走。

　　星期日的早晨果然是那么的惬意，任月宇慵懒地半躺着，任由柔柔的阳光洒在被褥上。那迎着直直光线飞扬的是一缕缕屋内的晨霭。看着看着，任月宇又想到了蝴蝶梦。

　　她取出抽屉里的信件，从信封里小心地捏出一张张薄薄的纸张，上面密密麻麻地写满了文字。任月宇一行行、一页页地翻阅着，偶尔还会将信纸抵住自己的下颚，出着神，露出幸福的笑容。

　　这一沓沓的信封内珍藏的是她写的一篇篇文学作品，是一篇篇没有发出的文学作品。

　　任月宇喜欢看书，便也喜欢了创作。她曾经不知疲倦地写着一篇又一篇在别人看起来毫无意义的文字。她也一篇又一篇地投递过，只是杳无音讯、石沉大海。

　　父母安慰她不要太过于在意，不要太过于这么执着；老师也劝告过她"分清主次"，不要耽误了"正规的学业"。她都记在心里，利用业余时间去创作。由于痴迷，往往忘记了吃饭、休息的时间，父母也曾生气地说"要将所有的作品付之一炬"。

　　任月宇将自己的创作装进了一个个信封，在信封的右上角贴上蝴蝶般的图标，让梦想暂时停歇在心里。

夏日槐花
XIA RI HUAI HUA

"世有伯乐，然后有千里马。千里马常有，而伯乐不常有。故虽有名马，祇辱于奴隶人之手，骈死于槽枥之间，不以千里称也……"夏槐闭着眼睛坐在槐树下摇头晃脑地在背诵着《马说》，念念有词、反复地说着"千里马常有，而伯乐不常有"。

一股芳香迎面而来，夏槐以为槐花落在眼前，睁开双眼，吓了一跳，任月宇正坐在椅子的另一端，笑嘻嘻地看着他。

"干吗？悄无声息的，吓我一跳。"夏槐有些生气。

"哈哈！看你摇头晃脑地背书，还真是好玩耶！"任月宇抿嘴一笑，"看来你这个'千里马'遇不到'伯乐'哦？"

"那是！不过我不在乎。'千里马'总有被发现的时候。你就是一匹'千里马'，写得那么好的文章，还是一篇接着一篇的连载，让我都羡慕极了，我总想象着什么时候也能写出像你一样的文章，成为一名作家。"夏槐眼里闪着兴奋。

"这样说来，你就是我的'伯乐'哦。"任月宇笑着指了指夏槐。

两人相视哈哈大笑，笑声惊得在地面寻食的鸽子们飞腾起来，有的攀上树枝，有的飞上屋檐，有的吹着鸽哨在两人的上空盘旋着。

夏槐大声对着空中的鸽子说："呜呼！其真无马邪？其真不知马也。"

任月宇接着话茬："你的爱好还有时间去打理吗？那就叫什么 C++？"

夏槐笑了笑，欲言又止。

"爸爸妈妈让我排除一切'杂念'，安安心心、专心地学习功课，还说以后的路还长着呢。他们说兴趣、爱好是建立对未来的规划上。"任月宇说着家庭对她的期望，"爸妈希望我以后能考上一所好的学校，上一所好的大学，说'只有这样一步步、踏实地走下去，才有光明的未来'。看来我还真要放弃我的文学梦。"

阳光被椅子上方的藤蔓遮挡着，透露出星星点点，散落一地。

"差不多！我爸妈从来没有反对过我的兴趣、爱好，甚至于还想帮我一把。"夏槐站起身来，伸了伸手臂，拿着书背在身后，走起了四方步。"我也知道，如果不能有一个好的规划，以后会是怎样，谁都不知道。所以，我们要成为'千里马'还需要为自己做一个设想。"

小路径旁的花苞已露出了头，远远望去，一簇簇的紫色，煞是好看。突然，任月宇指着远处嚷了起来："那只蝴蝶！"

果然，花丛中有一只蝴蝶飞舞着。

不知不觉中，蝴蝶飞到夏槐、任月宇的身边。

任月宇不由地伸出手，摊开手心。

夏日槐花
XIA RI HUAI HUA

　　蝴蝶在手心上停歇着，两翼却没有停止扇动。

　　随着振翼，缕缕的荧光又出现在他俩的眼前，点点荧光散落在任月宇的手心，飞舞起来的荧光飘落在夏槐的身上⋯⋯

后　记

　　由于年龄的增长，每一个阶段的学生对自我、社会以及周遭都出现了许多新的感知，也会因此生成许多迷惘。在迷惘状态之下，他们自然而然有独立、冒险、探索等思想意识交替：想独立，但判断能力缺乏社会、实践经验；十有八九不如意的时候"强"与"弱"态度的纠结；对待心理、生理发生变化时的紧张心态……

　　心有千千结，"结"再多，也阻止不了孩子们朝气蓬勃的性格，也湮灭不了他们对生活的热情、对未来的畅想、对自我的不断丰润……这就是每一位孩子积极向上、向善的精神面貌。

　　夏槐，一名中学生，取名意为"如夏日一般的火热"，他的生活"如槐花般美好"，这也是当代中学生所拥有的品质。本作

夏日槐花
XIA RI HUAI HUA

品夏槐、威诗、任月宇、薛怡芭等孩子的原型取自作者的孩子与他的那些曾有过的伙伴们，他们是一群朝气蓬勃、善良向上、积极进取的孩子们。

在此感谢孩子、家人给予的快乐！感谢孩子生活过的高中生活及他的伙伴们，正是有了他们，才有了丰富多彩的故事，才有了难忘的青葱岁月。

以作留存。